午夜的

教學大樓

ACADEMIC BUILDING AT MIDNIGHT

⚠️

不要隨便打開午夜傳來的電郵。

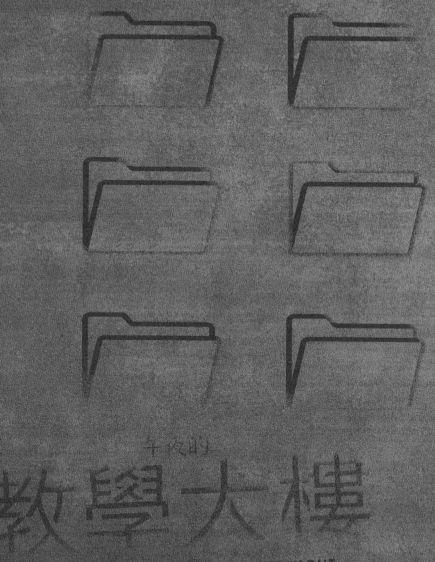

午夜時

教學大樓

ACADEMIC BUILDING AT MIDNIGHT

CONTENTS

午夜的

教學大樓

ACADEMIC BUILDING AT MIDNIGHT

正在開啟文件 ...

「 第一章《夜之序章》.doc 」

File　Home　Insert　Layout　Review　View

Calibri (Body)　11　B　*I*　U　abe　ab　A　A　∨　✉

　　　　現在是冷颼颼的十二月，也是考試臨近的十二月，正當我把整份筆記畫滿螢光筆的時候，突然收到一封來自教授的電郵。

　　　　正常來説，收到教授的電郵一點都不奇怪。可是這封電郵卻異乎尋常。一言難盡，我直接貼出來讓大家看看。

Come to school as soon as possible

Dr. Li Lilith <professor@university.com>
to you ▾

收件者：Cisco Wong　　　　發送時間：Sat, 2017/12/2 00:00:13
寄件者：Dr. LI Lilith

Dear Cisco:

Come to my office immediately after you have read this email. It is urgent.

Regards,
Dr. Li Lilith

　　電郵到這裡就結束，連原因都沒有交代就要我午夜十二時回校，或許她要找我的事情真的很緊急？又或許她正被多名彪悍匪徒脅持，怕得不要不要的，趁著他們不注意時用電郵來求救？

（……喂喂，情況這麼緊急還不忘寫上下款，再重視禮節也要有個限度吧。）

　　我皺起眉頭，用筆頭輕輕拍打著嘴唇，思考該怎麼辦。因為畢業論文的關係，我有時會私下單獨找 Dr. Li 談話，但她從來沒有主動找過我，而且現在還這麼晚。

　　算了，反正我住在學校宿舍，教授的辦公室就在一號教學大樓的六樓，我走過去也不用十分鐘。下了決定之後，我「啪」一聲地關上電腦，隨手抓了放在一旁的衣服穿上，準備出發。

「咁夜去邊？」室友好奇的問道。
「Professor 搵我，應該好快返嚟。」我回答。

　　他敲著鍵盤，漫不經心地說：「等你返嚟一齊打機。」

「好。」我笑著說。

　　離開宿舍之後，我急步往一號教學大樓走去。途中遇到幾個相熟的同學，我隨便蒙混過去，沒有停下腳步。

File　Home　Insert　Layout　Review　View

Calibri (Body)　　11　　B　I　U　abc　⟋　A　A　⋁　☒

　　　　午夜十二時零九分，我到達了一號教學大樓的四樓大堂，拿著讀卡器的校園保安循例要求我出示學生證，我簡單交代原因後他便放行。

　　　　等待升降機的期間，身邊一直有學生經過，多半往宿舍方向走去。我打了個呵欠，升降機門也在此時打開，我隨即走進去按下六字按鈕。

「隆隆隆隆隆隆隆……」

　　　　這部升降機無論是上升還是下降，速度都慢得要命，再加上周圍靜得只剩下機器運轉的聲音，一個人待在這裡很容易便會胡思亂想，我只好靠在牆壁上，透過唱歌來消磨時間。

「咁咁咁踏著步～♪」
「我咁咁咁覓著路～♪」
「如迷途只需咁樣樣做～♪」

「叮──」在我手舞足蹈助興之際，升降機也同時來到六樓，兩道門往左右緩緩滑開，我乾咳兩聲，慢慢踏出升降機門。

　　　　六樓整層都是教職員辦公室，對普通人來說它跟一座迷宮沒有分別，走廊縱橫交錯像是沒有盡頭，但我常常來這裡找教授，所以不難找到她的辦公室。話雖如此，這裡平日有很多人進出，

但現在卻連一個人都沒有。

當四周圍只剩下自己一個又靜得出奇的話，大腦內的杏仁核區域便會產生出名為「恐懼」的感覺，冒汗、心跳加速、血壓上升等症狀便會隨之而來……於是我加快腳步來到教授的辦公室前，輕輕敲門道：「Dr. Li，我係 Cisco 呀。」

我左顧右盼，只希望門快點被打開，可是門卻一直閉著，裡面亦沒有傳來任何回應。

搞甚麼？找我找得這麼急，我來到了卻不應門！不知哪來的膽量，我竟然想要扭開門把。出乎意料地，門把「咔」一聲開了。

辦公室亮著燈，但裡面空無一人，或許教授是等不到我直接走了？無意間我看見教授的桌上放了個古舊木箱，與身處的環境不太搭調。

雖然我有點好奇木箱裡面放著甚麼，但這裡的氣氛總是靜得怪怪的，既然她不在我只想快點離開。

我「彭」一聲把房門關上，連升降機都不乘，「咚咚咚咚」地衝到樓梯往下走，喘著氣回到一號教學大樓的大堂位置。或許大堂的空間寬敞沒有壓迫感，心也登時舒坦不少。

但是，剛才掃瞄學生證的保安不知去哪了。

如果直接離開教學大樓的話，系統會一直顯示我在這裡活動，要是被誤會在搞甚麼偷雞摸狗的勾當就不好了，於是我走到附近一個自動售賣機買飲料，一邊喝一邊等保安回來。但讓我在意的，是教授為甚麼要找我，而且既然要找我，怎麼剛才又不見人？

大概過了十分鐘，我重新回到玻璃大門，但那處仍然只是一張空椅。

我朝反方向走去，只是想掃瞄學生證然後離開，應該隨便找個保安應該都可以吧？但我從廣場的一端走到另一端，不要說是保安，就連一個普通人都看不見。

「『被世界遺棄不可怕』……人呢？去晒邊度？」我自言自語道。

我走下電梯，經過三樓的圖書館來到紅色大門，紅色大門後方就是商場的隧道入口。

正想推開大門時，我忽然發現門外漆黑一片，甚麼都看不見的，就像被塗上黑色油漆一樣。此時，下方傳來液體流動的聲音，大門底縫竟然滲入石油般的黑色液體，出於本能反應我立即往後跳開，這些黑色液體滲進來的速度很快，瞬間就染黑了一大片地面。

媽的這是甚麼混帳東西？難道是石油嗎？

在躲無可躲的情況下我重新回到四樓，眼見那些黑色液體水位愈升愈高，竟然把整條電梯都淹沒了。

當時我的反應不是害怕，而是幸災樂禍的大笑：「哈哈哈哈哈哈哈哈！」，之前是體育館天花倒塌，現在是石油外漏嗎？還常常自誇甚麼世界排名位居前列的大學，這回你們麻煩了。

「救命呀！！！」就在此時，附近忽然傳來了女性的尖叫聲音，我先是嚇了一跳，然後才往聲音的方向奔去。

難道有人被石油淹沒了？這⋯⋯這可不是幸災樂禍的時候啊！

「你喺邊呀？！」我在一旁的走道上跑著，一邊緊張問道。
「我喺五號演講廳呀，救命呀！」

五號演講廳就在我前方，只有十多步距離。

出於安全考慮，學校大部分的演講廳都設有兩道門，要通過兩道門才能進入演講廳。門與門之間的小空間被稱為防煙廊，我進入了五號演講廳的防煙廊後，只見裡面黑得伸手不見五指，靠著燭台上一枝蠟燭來照明。蠟燭？學校有這東西的嗎？我意識到

File　Home　Insert　Layout　Review　View

Calibri (Body)　11　B　I　U　abc　A　A　A　ᐯ　⊠

有些不對勁，但救人要緊，於是便硬著頭皮舉起蠟燭進入演講廳。

「你喺邊呀？」我小心翼翼地問道。
「我、我喺下面……」下方傳來微弱的聲音。

　　我慢慢走下梯級，燭光有點搖曳不定，只能看到周遭兩三米的事物，其餘全部都被籠罩在黑暗之中。

　　我整顆心都提起來了，硬著頭皮，一直踏著梯級走到最底。

「喂，你喺邊……？」正當我想這樣問的時候，頭上的投影機不知被誰打開了，在牆壁的大屏幕上面投射著影像。

　　那是五號演講廳的閉路電視影像。

　　充滿雜訊的黑白畫面中，我看見自己的背影站在演講廳的最底，正抬頭看著投射屏幕。畫面之中，有一個人影在我身後的梯級上面，正踏著梯級往下走。

　　我慢慢轉頭看去，靠著投影機的微光我大概可以看到演講廳的輪廓，但除了我以外，根本沒有其他人在。

「哈哈哈哈……哈哈哈」，我借由笑聲來掩飾害怕，串連起剛才發生的一系列事件，拼湊出一個可怕的猜測……就是我應該「瀨咗

嘢」。

我重新望回閉路電視畫面，那個人影已經走到演講廳的最底，距離我只有四、五個身位。我不敢轉頭去看，渾身瑟瑟發抖，想逃⋯⋯雙腿卻一直在抖，完全不聽使喚。

轉眼間「那個人」已經來到我身後，我的恐慌超過臨界值，就這樣昏了過去。

✉

醒來時，我發現自己躺在地上，身旁橫著一個燭台，微弱的燭光勉強照亮眼前一小片地方。

那「人」呢⋯⋯？我張望四處，卻不見任何「人」的蹤影，投影機也沒有打開，就好像甚麼事情都沒有發生過一樣。

但全身肌肉酸痛難受，應該是躺在地上的後遺症，這時拿出手機一看，發現已經是早上七時正，我一邊懷疑自己的記憶，一邊拿著蠟燭離開演講廳。

難道是做夢？看來我壓力太大了，才會做這樣的噩夢。

回到外面之後，走過空蕩蕩的大堂，彷彿學校在一夜之間變

成了鬼城，誰都不在。奇怪了，明明已經是早上七時，為甚麼還是一個人都沒有？

我重新回到玻璃大門，事到如今已經不想理會甚麼學生證記錄，一心只想離開這裡，但你應該猜到吧，門完全推不開。我嘗試打電話求救，但電話沒有訊號，甚至連九九九也無法致電。學校不會因為石油外洩的關係已經被封鎖吧？

唉，真倒霉，偏偏我被關在這裡。

咦！我忽然想到可以「爆房」，然後用課室的電腦上網求救。我知道這個做法很蠢，大概會被同學朋友「Cap 圖」恥笑，但我沒有其他好辦法了。於是我踏上沒有開動的電梯，到達五樓後，映入眼簾的是燈光不停閃爍的學生食堂，那景象實在詭異至極，我匆匆朝左邊的走廊走去，經過男洗手間及沒有人的自修溫習區，來到一個課室門口，門牌上面寫著「Y5-306」。

不過裡面黑漆漆的，我站在門外猶豫了好一會兒，不太敢貿然進去。要是恐怖事情再次出現的話該怎麼辦？但這個憂慮很快就被更大的憂慮蓋過，就是，再不快點回去溫習，明天的考試就要完蛋了。

我鼓起勇氣推門走進去，蠟燭的火舌映得大半個課室都是紅色光影，裡面只有該有的東西，沒有不該有的東西。

很好，頓時鬆了一口氣。

這時我才察覺蠟燭一點也沒有熔化過，彷彿永遠都燒不盡似的，這應該是超級耐燒的高級蠟燭吧？我把燭台放到一旁，直接打開桌上的電腦，輸入網址後 Facebook 的頁面隨即出現在我的眼前。

太好了！我可以用 Facebook 跟朋友求救！我看見室友在線上，立即就點開了他的對話視窗，手指飛快地敲擊鍵盤：「救命！我被困咗喺 AC1！」

訊息很快變成已讀，然後顯示輸入中的狀態。

「認真？你唔係去咗搵 Professor 咩？」他傳來訊息。
「佢唔喺 Office 呀⋯⋯我落返四樓之後啲人全部唔見晒，仲發生咗一連串怪事，走又走唔到。」

「我幫你搵保安？」
「好。」

我怎麼覺得他好像一副不明就裡的樣子？學校發生石油事故的消息應該很快傳開吧？但他好像還未搞清楚狀況。

等了半晌，他卻沒有再傳訊息過來。

「搵咗保安未？」我又問道。

對話視窗顯示他輸入中的狀態，一直維持了很久，我看著狀態列長時間顯示「輸入中」的圖標，開始焦急起來。他到底在輸入甚麼阿？

過了好幾分鐘，他終於傳來訊息。

「？Escape？？？is？not？？？allowed」他的訊息夾雜著亂碼，說不容許我逃走。

我後背一陣發涼，下意識覺得正在跟我對話的不是室友，而是「其他人」。

「砰——」課室的門被猛地關上，明明沒有打字，鍵盤卻發出「啪啦啪啦」的敲擊聲音。

唉，最不想發生的事情還是發生了。

我提起燭台想逃出去，門卻完全拉不動，就好像被一股強大的力量拉著，與此同時蠟燭的火舌變得愈來愈小，亮光也變得微弱了，黑暗便迅速吞噬過來。我大驚失色，一腳踏上牆壁，卯足了勁，慢慢、慢慢地拉開了一個門縫。

「啪答啪答啪答啪答啪答」，鍵盤敲擊的節奏隨之瘋狂加速，激烈震動我的耳膜和腦室。我死命往後拉，門縫被我愈拉愈寬，直到能容下一個人的身位，門後的力量忽然便消失了，緊接著力量放空，我全身向後倒在地上。

我連忙爬起來奪門而出，連滾帶爬的一直跑到法律學院，看見走廊後面沒有東西追來我才停下腳步，靠著牆壁大口大口喘氣。手上的蠟燭火舌也慢慢回復成原來的大小，似乎遇上危險的話這枝蠟燭的火焰會減弱。

燭火熄滅的話，我會死嗎？一想到這點，我內心不由自主地泛起一陣惡寒。

「喀喀、喀喀……」腳步聲接近。

他媽的又來了！我沒命似的跳起來，立刻躲在一個轉角處。我壓抑著強烈的不安，尖著耳朵聽轉角外面的動靜。

「喀喀、喀喀……」

奇怪的是，我判斷不出聲音的方向，而且輕盈的腳步聲始終不變，彷彿在原地踏步。我探頭向外看了一眼，只見整條走廊都沒有人在，難道腳步聲是從四樓傳上來五樓的嗎？總覺得我好像忽視了些甚麼。

「喀喀、喀喀……」

我小心翼翼地走出去，但不管我走到哪裡，耳邊總是那不徐不疾的腳步聲，轉眼間我已經回到去學生食堂，裡面仍是黑得讓人心寒，彷彿藏著一隻前所未見的怪物……

等一等。

「喀喀、喀喀……」

我一直認為腳步聲是從別處傳來，會不會想錯了方向？

「喀喀、喀喀……」

其實腳步聲一直在我身邊，從我身旁傳來？

「啪啪！」兩下拍手聲炸響在耳邊，嬌媚的少女聲音笑著說：「答對了——」

我大吃一驚往周圍望去，但整條走廊根本空空如也。

「你、你想點？」我強壓著恐懼，對著空氣問道。
「我想要你枝蠟燭。」那是一道笑盈盈的少女聲音。

我額角冒著冷汗，顫抖問道：「你要嚟做咩……？」

她沒有回答我問題，像答錄機一樣重複著剛才的說話：「我想要你枝蠟燭。」

「……」我跟她都沒有再說話，走廊頓時陷入一片死寂之中。

仔細想想，從剛才到現在我的蠟燭火焰都沒有變小過，或許她的存在感比較薄弱，根本對我沒有危險？

「如果我唔想畀你呢？」我大著膽子問道。
「唔得！你要畀我！」她的聲音激動起來。

我有點被她的聲音嚇倒，但依舊保持鎮定：「我唔會畀你。」

就算蠟燭不是重要物品，拿來用作照明也好，還能偵測危險，怎可以隨便交給人。

她半晌後沒有回答，過了好一陣子，走廊再次響起腳步聲，還隱隱夾雜著啜泣的聲音。等到連最微弱的腳步聲也失去之後，我整個人跌坐在地上，對著天花板自言自語：「呢度究竟發生咩事……我諗唔係石油事故咁簡單，而、而係……」

而是進入了一個異空間，但我始終無法說出口。我站了起來，

往食堂方向走去，這時候，我看見不遠處的地上有張紙。我疑惑地拾起紙張，只見上面寫著：

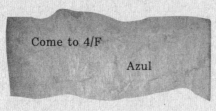

Come to 4/F

Azul

誰是 Azul ？ 難道是同樣被困在這裡的人？

我下電梯來到四樓，一邊行走一邊尋找著那人的身影，來到圓桌區的時候發現這裡桌椅傾倒、雜物零亂散落在地上，彷彿經歷完一場慘烈的戰鬥。

「企喺度！」

此刻只聽見一聲嬌叱，前方忽然掠出了兩道人影，前後追逐，向我直奔而來。前者是個小女孩，後者卻是穿著白色連衣裙、肌膚蒼白得像要透明一般的苗條女子，殺氣騰騰的拿著刀刃追殺小女孩。

「救我呀大哥哥！」小女孩撲進我的懷裡，眼見那個女子，不，那個白衣女鬼的利刃下一秒就會刺中小女孩，危急關頭我用身體護住了小女孩。

「死開！」白衣女鬼揪著我的後衣領把我拉開，「擦」的一聲響，利刃已刺入小女孩的額頭。

　　小女孩的雙眼還是睜得老大，瞪著我，彷彿不能接受自己已經死去的事實。

「S-Shit……」我害怕得發抖，蠟燭脫手墜地。

　　意想不到的是，小女孩開始扭曲變形，無數觸手從皮膚爆裂處破繭而出，然後隨著低沉的脆裂聲音，女孩的身體一塊塊崩塌成一堆碎塊。那把插在她額頭的刀刃也化成粉末，隨風散去。

　　我看傻了眼，一時之間作不出反應，但至少肯定這個小女孩，不是人類。

「噗——」白衣女鬼竟也隨之倒了下去。

　　妖怪和女鬼一起同歸於盡，如果黃秋生也在這裡，他應該會想開香檳慶祝。本來打算盡快離開的我，走了幾步之後，又忍不住向那個白衣女鬼看了一眼。

　　她……她真的是女鬼嗎？她只是皮膚白了一點而已，萬一我誤會了她，留她一個人躺在這裡會很危險。

　　　　我小心走近細看，只見她一頭烏黑長髮披散地遮蓋著臉龐，連她長成怎樣都不知道，但她的胸口還有微微起伏，證明她還有呼吸，是個活人！

　　　　我立刻扶起了她，但觸手冰涼，幾乎已經沒有體溫，費盡了勁才讓她平躺在附近的沙發上。

　　　　「喂——你醒醒呀？」我輕拍她的肩膀喚醒她。

　　　　她沒有回應，情況似乎不太樂觀，我開始焦急起來，問道：「喂！你醒醒呀！你有事呀嘛？」

　　　　她把頭偏向另一邊，自言自語地道：「嗯……」

　　　　這時，我留意到她手中緊緊抓著一物。我小心翼翼地將她纖細的手指一根一根地掰開，看見她手心處有一個只有瓶蓋般大的吊墜容器，而吊墜容器裡面，則有一團快要熄滅的微弱火焰。

　　　　我不禁大驚，她的燭火這麼微弱，代表她現在很危險。但是應該如何恢復火焰，我完全沒有頭緒。

　　　　或許她會知道？於是我問她：「點樣先可以將個火變返大？」

　　　　她沒有理會我，直到我再重複一次問題之後，她才模糊的嚷

了個詞語出來：「《聖經》。」

　　這個答案令我有點意外，我還以為會聽到比較正常的答案，例如找個火壇取火之類的。

「具體做法係點？拎本《聖經》去燒？」但之後無論我怎麼追問，她始終都不回答我。所以我只好暫時放著不管，當務之急是找到一本《聖經》回來。《聖經》的話，學校圖書館裡面應該能找到，但那個地方在三樓，已經被黑色液體淹沒了。

　　恰恰在這個時候，遠方傳來水退的聲音。

　　這麼巧？

　　我扶起了她，但她無力站起身來，把全身所有重量都壓在我身上，好不容易將她扶到電梯後，果真發現三樓的黑色液體都消失了。

　　我扶著她走下電梯，水退之後三樓彌漫著一股濃厚的濕氣，地上還有一灘灘積水，只要一不小心便會滑倒。在視線範圍之內，圖書館門口放著一張新簇簇的輪椅，完全沒有沾上黑色液體。

　　竟然連輪椅都為我準備好？一切都發生得太刻意，彷彿在引導我進入陷阱，但除了圖書館外哪裡還會有《聖經》？所以即使

知道是陷阱也只能往裡跳了。

我小心翼翼地把她放到輪椅上，然後推著她進入圖書館。

「嘎吱嘎吱嘎吱嘎吱——」耳邊只有輪椅輾過水窪時發出的聲響，頭頂有些燈被水浸壞了，以不穩定的節奏閃爍著。我推著她來到圖書館的橢圓形自習區，平日這裡經常滿座，現在卻沾滿了黑色的爛泥巴，十分詭異。

繞過了橢圓形自習區之後便看見「科學及工程類」書區。我肯定《聖經》不會在這裡，於是推著她繼續深入前進，來到「人文學科」書區。

「人文學科」書區應該有機會找到《聖經》，話雖如此，這個書區總共有數十排書架，在書海裡面找一本《聖經》基本上是大海撈針，我推著她來到其中一個書架面前，林林總總的書名有些直向、有些橫向，我花了十分鐘才把這個書架上面所有書名看完，但沒有看見《聖經》。一想到還有數十個書架等著我，我不禁嘆了一口氣。

「噗——」忽地有本書從書架掉下，我猶豫了一會，才上前拾起。

那是一本兒童硬頁繪本，封面畫了一個山羊頭。為甚麼大學圖書館會有這種書？於是我用手翻著繪本，閱讀了起來。

兒童硬頁繪本

湯姆是一個音樂家，他在街上演奏，但沒有人欣賞。

回家後，湯姆的妻子很生氣，説他沒半點出息。

File　Home　Insert　Layout　Review　View

隔天，湯姆買了禮物給妻子，希望哄她開心。

湯姆發現妻子帶別的男人回家。

湯姆很傷心，魔鬼說可以幫他。

傷心的湯姆用削尖了的十字架自殺，把靈魂獻給魔鬼。

File　Home　Insert　Layout　Review　View

從此很多人看湯姆的演奏，湯姆很快樂。

兒童繪本一開始還很正常，接著故事變得愈來愈奇怪，中後段竟然在鼓吹自殺、魔鬼交易，這真的是給兒童看的繪本嗎？同一時間，頭上的燈好像閃了一下，我環顧四周，書架附近只有我一個人在。

只有我一個人在……我的心立即涼了半截，她人呢？

我馬上奔出去橢圓形自習區，轉了幾個圈也不見她的蹤影。我的心開始更慌了，正打算跑出去圖書館找她之際，不料她的身影忽然就出現在我的前方。

她的輪椅自己在動，彷彿像被一隻無形的手推動著。我立馬追上去，但她被愈推愈遠，很快便消失在我的視線範圍內。

「可惡！」話音才落，圖書館的木橋步行區重新出現輪椅的蹤影，但這回只看到輪椅，看不見她的人。

我一腳踢在木橋上洩憤，耳邊隨即響起一道低沉的男性頌咒聲音：「*Bones of anger, bones to dust……with this hex I curse your soul……*」

那聲音嘶啞詭異，依稀聽到來自圖書館最深處的小組會議室區域。

那裡是一個由三面玻璃牆組成的空間，趕到之後，發現她正背對著我站在正中心，跟我相隔大約十個身位。仔細一看，我發現她並不是站著，而是整個人被一股無形的力量扯起，踮起腳尖凌空在原地。

我的視線從她身上移開，看見她附近的地面放著一本很厚的書，深藍色的硬皮封面，我的心一下緊縮，直覺告訴我那本就是《聖經》。我一步步走近她，一步步踏進黑暗籠罩的最深處，忽然之間頭上的燈瘋狂閃爍。

「GIVE ME YOUR SOUL！」鬼哭神號的聲音。

圍著我們的玻璃逐塊逐塊爆裂，玻璃碎片像雪花片般迸裂，而她整個人則被強大的力量拉扯到半空之中，像扯線公仔般東拉西扯。眼前的景象猶如世界末日，我在一髮千鈞之間往前撲去，伸手將《聖經》搶到手裡。

我心臟快要跳出來，連忙翻開《聖經》隨便亂唸上面的經文：

「犯罪的是屬魔鬼，因為魔鬼從起初就犯罪——」
「神的兒子顯現出來，為要除滅魔鬼的作為！」

千萬隻惡魔的嘶吼咆哮聲音大作，像大海波濤般灌進了我的靈魂深處。就在此刻，她「撲通」一聲從半空倒在地上，我朝她

慢慢爬過去，一手扶起她，一手拿著《聖經》離開那裡。

　　如鶴唳般的咆哮聲仍舊轟鳴不絕，更不斷傳來潺潺水聲，轉頭竟看見黑色液體從地板冒出來，形成了一個個水窪，我立即加快腳步扶著她離開，再跑上電梯重新回到四樓。踏上四樓的一刻，黑色液體已經將三樓浸了一半，直至將整個三樓淹沒後才停了下來。

　　眼見下方再沒有動靜，我才把她放到地上，她胸前的吊墜只能發出微弱的火光，我立即猛力搖她，道：「我拎到《聖經》喇！應該點做？」

　　「唸、唸……」她氣若游絲的聲音。

　　我馬上猜到她想說的是「唸經」，但應該唸哪一卷、哪一章？我隨手翻開一頁便開始唸了起來，可是唸了幾分鐘，她的燭火仍然那麼微弱。

　　難道不是這段經文嗎？於是我從《聖經》第一卷第一章開始唸起，看見沒有反應便跳到下一章，一直唸了一個半小時，在我唸〈瑪竇福音〉的時候，她的燭火終於慢慢變大起來。

　　原來是〈瑪竇福音〉……

　　我放下心頭大石，繼續誦讀〈瑪竇福音〉，只見她吊墜裡面的火焰熊熊地燃燒著，連我的燭火也一樣。我感覺到一股暖流流遍全身，滋潤著每一個細胞。

「……」

　　她緊閉的雙眸長睫輕顫，慢慢地睜開眼睛，醒了過來。她頭髮還有些凌亂，撥開額前垂下的亂髮才露出臉龐。

　　我的喉嚨堵塞，只覺得忽然有股熱血從胸膛上湧至喉嚨。那張臉龐白玉為膚，墨玉為眸，長眉略顯英氣，薄薄的嘴唇粉嫩如櫻，襯著一身不染囂塵的白衣雪膚，簡直美得不似人間。我看得出神，沒發覺她眼中寒光閃現，正直勾勾地盯著我看。

　　我嚇了一跳，臉頰發燙，但見她冰冷的臉上沒有一絲表情，甚麼都沒說便站起身離去。

「等陣呀，你去邊呀？」我連忙跟上她。

　　她沒有回答，直往女洗手間方向走去，這時我才發現她的鞋子及足踝上都沾了黑色液體。

　　哦，原來她想去洗手間清洗。

　　我和她並肩而行，滿肚子問題想要問她，例如她是怎麼知道《聖經》能回復燭火、為甚麼她會在這裡等等。

「你叫咩名呀？我叫 Cisco。」我說。
「Jill。」她淡淡應了一聲。

「你點知道《聖經》可以回復火焰？你點解都喺呢度嘅？你都係 Dr. Li 嘅學生？你有冇見到 Dr. Li 呀？……」我一連問了好幾個問題，但 Jill 都沒有回答，她是不知道還是純粹不想回答？

　　這時候，我們已經來到女洗手間的門口。她狠狠盯了我一眼，意思大概是說「敢跟著我進去就殺了你」，我二十一歲大好青春當然不想英年早逝，只好在外面來回踱步等她。

　　等了大概十分鐘，Jill 便從洗手間出來，腿上的污漬已經不見，臉上還沾著梳洗過後的水珠，順著臉頰輕輕滑落。我正想說些甚麼，她突然用手揞住我的嘴巴，另一隻手做出一個「噓」的手勢。

　　我屏息靜氣，站著不動。四周圍一片安靜，安靜……

　　接著，走廊的盡頭傳來沉重金屬在地上拖行的聲音，不知是否衝著我們而來。她握著我的手腕，拉著我朝走廊的另一頭走去，一直走到學生會福利社，確認金屬聲音沒有跟來才鬆開了我。

「聽聲都嚇死人……」我後背全是冷汗，有種劫後餘生的感覺。
「咕咕咕——」我本以為又有甚麼詭異東西，不料聲音卻是來自
Jill……的肚子。

她肚子餓了。

她摀著肚子窘得面紅耳熱，連指甲都深深陷入手心，我怕她
因為太過害羞而自刎，立即裝作若無其事地說：「呀……我好肚
餓呀！不如去 Canteen 嗰邊搵啲嘢食。」

「哼。」她鬧警扭似的別過頭，大力踩出腳步聲走了開去。

我、呃……其實不太懂得跟她相處。但這裡甚麼亂七八糟的
東西都可能出現，還是兩個人一起行動比較安心。我們走上電梯
來到五樓食堂，裡面一片深邃的黑暗，一定有甚麼藏匿其中。

我戰戰兢兢地走進去，蠟燭的火光將方圓三米的範圍映照得
清清楚楚，走近入口處附近的麵包櫃時，附近再次出現金屬拖行
的聲音。

「嚓——」

那聲音讓人心寒到極點，我連呼吸聲都停頓了，立即辨識聲
音的方向。

「嗚——」

那聲音極接近我們，但我看不見它，難道它藏了在燭光範圍之外？

「嗚——」

這時，Jill 伸出手指，指向上方。

我極緩慢的抬頭，只見一個肢體扭曲的人，伏在我頭頂的天花板上。一陣電流搔刮我的頭皮，心臟幾乎懸停，而它則遲遲沒有動作，好像在發呆。

不管它是裝模作樣，還是真的發呆，我拉著 Jill 的手慢慢向後退，一直退到燒味部對出的位置，不料腳下似乎是踩到了一灘水，然後一滑，整個人便失去平衡跟 Jill 一起朝後摔去。

我緊閉雙眼，準備好迎接後腦勺撞地的痛楚。只是我等了很久，始終感受不到那痛楚。

我慢慢張開眼睛，竟然看見自己沉浸在水裡面，以極快速度往下沉，我奮力掙扎，吐出泡泡，但下沉速度並沒有減慢。就在下一個瞬間，我後腦勺立即傳來熱燙的痛感，我發現自己倒在一塊軟地毯上，而 Jill 則眉頭緊皺地躺在我身旁。

我坐直身子，發現四周的環境是一個電腦室。我剛才不是在食堂的嗎？為甚麼會倒在這裡？而且全身滴水不沾，難道剛才掉進水裡只是幻覺？

我滿腔疑惑，腦海突然閃過「扭曲人」的影像，立即便跳起身環顧四周，卻找不到它的蹤影。然後，Jill 也緩緩站了起來，忽然之間，她整個人像失去了魂魄，面色蒼白如紙，用手抵住額角，站也站不穩。

我一下大驚，上前一步將她扶住。她輕輕的喘息著、喘息著，除了她的喘息聲音，電腦室更無一點異響。

「你冇事吖嘛？」我擔心問道。

她鬆開了我的手，只搖了搖頭沒有說話，隨即便走了出去。

「等陣呀。」我連忙跟著她走到外面，卻大吃了一驚。

外面燈火通明，白色的牆壁以及灰色的軟地毯，前方是一條寬闊的走廊，右方是電梯及樓梯，這怎樣看也是 AC2 的地方。

Jill 看著我，眉頭輕皺，似乎不明白我為甚麼會驚訝。

「頭先我哋喺一號教學大樓，依家呢度係二號教學大樓，兩幢大

樓相隔一段距離……唯一嘅解釋就係我哋瞬間轉移咗呢度。」
我跟她解釋道。

　　這個時候，樓梯上面出現了一個女性的身影，及肩的棕栗色
頭髮，穿著暗紅色毛衣及西裝裙，不是 Dr. Li 又是誰？

「Dr. Li！」我衝口而出。

　　她彷彿聽不到我的叫喊，繼續順著樓梯往下走，然後拐進了
AC2 的食堂。我跟著她走進食堂之後，卻看不見她的身影，只看
見其中一張桌子上放著一件奇怪的東西。我走上前看個究竟，發
現那是一台很古舊的打字機。

「喂，有啲唔妥。」Jill 在我身後說。
「我都覺，點解無啦啦會有部打字機。」

　　我隨手按下鍵盤上幾個鍵，打字機忽然自己發出「嗒嗒、嗒
嗒」的聲音，就像有人在敲擊著打字機鍵盤一樣。

「嗒嗒—」「嗒嗒—」「嗒嗒—」「嗒嗒—」「嗒嗒—」「叮—」

　　打字機將一段文字敲出來之後便停了，我把紙從打字機上面
撕了下來，把上面的內容念給 Jill 聽。

File　Home　Insert　Layout　Review　View

Calibri (Body)　11　　B　I　U　abe　ab　A　A　∨　✉

2017/11/XX

The only one I thought was real turned fake.
（背叛的是我最信任的人。）

The promise was all a lie.
（承諾並不存在。）

Trust no one and no one will ever betray you.
（不被背叛的最好方法是不去相信任何人）

XXXXXX

　　那是一篇日記，內容是有關背叛，有些地方打上了「X」，例如日期和署名。正當我想開口說話之際，Jill 突然用手捂住我的嘴巴，視線看著上方的眸子，這回清楚地浮現出恐懼。

　　我抬頭一看天花板，立即嚇得起了雞皮疙瘩。

　　扭曲人竟然也跟來了，同一時間，打字機發出了「嗒嗒嗒」

的鍵盤敲擊聲，它立即被那聲音吸引，跳到地面。

　　糟糕了。它四肢扭曲，咧開嘴露出鐵鏽斑斑的金屬獠牙，像蜘蛛般爬向我們。

　　這種情況，我們只有逃跑，但腳步聲馬上便出賣了我們的位置。扭曲人飛身撲往 Jill 的方向，下一秒就會撲到她的身上，在這生死須臾的關頭，我用自己的身體護住了她。

　　「砰！」突然其來的一聲巨響！

　　我幾乎不敢相信自己的眼睛，那個扭曲人竟然像地毯一樣被踩住，動彈不得。

　　踩著它的是一個大概十四、五歲的少年，短髮短得如光頭，樣子異常俊美，噙著一抹放蕩不羈的微笑。白色恤衫袖口捲至肘關節位置，露出一雙覆蓋著黑色液體的手臂，液體不斷滑落，滴在地上發出「嗞嗞」的腐蝕聲音。

　　「咳嗯嗯嗯──兩位……冇事嘛？」他的笑容大有曖昧之意。

　　半晌，我才發現自己直到此刻，依然緊緊擁抱著 Jill，而她那雙黑白分明的眼眸正透出寒意，盯著我的逾越舉動。

「哈哈哈……」我趕忙鬆開雙手，不好意思的搔搔後腦。出乎意料地，她只是惡狠狠瞪了我一眼，似乎沒有怪罪我的意思。

「咳嗯嗯嗯──睇嚟兩位都冇事！」那少年又道。

我立即跳出尷尬氣氛，問道：「你、你係咩嘢嚟？」

雖然我們被他救了，但他這身力量很明顯在告訴我們──他不是人類。

「咳嗯嗯嗯──我係魔鬼。」這下好了，連魔鬼都登場了。
「……你係咪嚟搶走我哋嘅靈魂？」我吞了一口口水。
「咳嗯嗯嗯──放心，我唔會夾硬嚟，因為你哋所有人到最後都會自願貢獻靈魂畀我哋。」

這時候，被他踩住的扭曲人極力地掙脫，他微微皺眉，把手指放在唇邊：「咳嗯嗯嗯──殊殊殊殊殊殊殊──」

他用手壓住扭曲人的頭，手上的黑色液體就像極高溫的瀝青，將扭曲人燙得悲鳴慘叫。不用多久，扭曲人的頭就被他燒成灰燼，再也無法發出聲音。

我忍住不發抖，問道：「你、你憑咩認為我哋會獻上靈魂？」

「咳嗯嗯嗯——憑我了解人性。」魔鬼少年自信地勾起了嘴角，彷彿能洞悉一切，把人看透。

Jill 站在我身旁，一直沒有說話。

魔鬼少年瞄了她一眼，接著又補充道：「咳嗯嗯嗯——順帶一提，你哋同學仔喺三號教學大樓，或者你會想搵佢哋。」

他說完便轉身離去，突然之間，Jill 搶走我手上的《聖經》，對著他唸起經文：

「但是有火自天上，從天主那裡降下，吞滅了他們。」

他停住了腳步，偏頭望著 Jill。她面無懼色，眸中迸出凌厲寒光，繼續朗讀著經文：

「迷惑他們的魔鬼，也被投入那烈火與硫磺的坑中，就是那獸和那位假先知所在的地方。」

我嚇得一顆心提到了嗓子眼兒，想要搶回《聖經》不讓她繼續讀下去，但她把《聖經》拿得很緊，臉上現出濃濃的恨意。

「他們必要日夜受苦，至於無窮之世。」
「他們必要日夜受苦，至於無窮之世。」

Calibri (Body)　11　B　*I*　U　abc　...

那個魔鬼，笑嘻嘻的跟 Jill 一起朗讀著同一句經文。

「咳嗯嗯嗯——《聖經》我仲熟過你。」他笑笑說。

Jill 深瞳中帶著錯愕，但還想繼續唸下去，我急忙摀住她的嘴巴。

魔鬼少年一改方才的嬉皮笑臉，神色陰沉而嚴峻：「魔鬼都有脾氣……你再做埋啲小動作挑釁我，我就……」

「嗯哈哈哈哈哈哈哈哈哈哈哈——」他轉身大步邁去，猖狂的笑聲迴盪著整個空間。

直到他的身影消失在食堂的轉角處，Jill 的身子彷彿輕顫了一下，像是再也支撐不住身體，雙膝一軟跌坐在地上，晶瑩的淚珠，沿著白皙的臉頰滑落。我霎時間方寸大亂，不知該怎樣安慰她，只好遞給她一張紙巾。

我沒想過一直以來冷冷冰冰的她也會有這麼脆弱的一面，再想想，我其實一點也不了解她。她是甚麼人？為甚麼會被困在這裡？為甚麼對魔鬼那麼切齒痛恨？我通通都不知道。

過了很久，她才漸漸止住了抽泣。我們二人都沒有說話，氣氛顯得有些尷尬。

「係呢，頭先佢話我啲同學喺 AC3，不如我哋過去。」我主動開口打破沉默。

Jill 再次戴上慣有的冷漠面具，點了點頭。

三號教學大樓跟二號教學大樓相連，而要從目前位置前往三號教學大樓，首先我們要先到四樓，推開防煙門走進一條走廊，之後便會看到把兩座教學大樓相連的接駁天橋。

但當我們到達走廊時卻出現了一道由藤蔓交錯而成的植物牆，擋住我們的去路。更加荒謬的是，植物牆的前方站著一個穿著海軍水手服的男性蠟像，姿勢彷彿在面壁思過。

區區一個蠟像實在太遜了吧，我還期望遇上更恐怖的東西，譬如是穿著水手短裙校服的「李私煙」。

我走上前把植物牆的枝蔓折斷，可是折斷後它們又再重新連接起來。

忽然之間，我察覺到身後有一道視線傳來。我轉頭望向 Jill，但她自顧自地調查附近的牆壁，根本沒有看我。

難道是我多心了？我重新轉過身來，後退幾步進行助跑，猛的撞向植物牆。

「嘩……」我用手按住肩膀，痛得悶哼出聲。
「老兄，沒用的！」腦海突然出現一道說國語的聲音。

「Jill！你聽唔聽到？」我馬上大叫出來。
「聽到啲咩嘢？」她眉頭一皺，顯然不解我的神經質行為。

「冇嘢……」我吶吶道。
「老兄，跟你說話的是我！」

　　我慢慢望向男性蠟像：「係你同我講嘅？」

「無毋著（沒錯）！」

　　我還以為自己已經開始習慣這裡，但事實並非如此。我有點哭笑不得，問道：「我點樣先可以移走道牆？」

「小娟生我氣，待她消氣就能過去！」
「咁你快啲哄返佢啦，我趕住過去呀！」
「小娟喜歡漂亮的東西，你替我找回來。」
「有冇搞錯，自己女朋友自己哄啦！」
「求求你！」他哀求著。
「你同緊邊個講嘢？」Jill 一臉嫌棄地盯著我，想必把我當成自言自語的神經病。

　　我把和蠟像的對話告訴了她，她聽完之後，直接上前對蠟像來一頓拳打腳踢。

　　在 Jill 的摧殘之下，蠟像對我發出淒厲的慘叫聲：「救命呀！救命呀！」

「唔好咁啦，佢又冇害我哋，快快脆幫完佢咪可以過對面囉。」我連忙拉住她。她冷哼一聲，最後又踹多了一腳才停手。

「這婆娘真可怕！」蠟像心有餘悸地道，我內心默默舉手贊同。

　　但這裡哪有漂亮的東西？恐怖的東西就有一大堆。我視線無意中落在走廊的影印機上，忽然靈機一觸，接著就從影印機的紙匣取出一張紙來。

「係咪好靚呢！」我舉起一朵用紙摺成的玫瑰花。
「對呀！很美呀！快點幫我遞過去！」他非常興奮。

　　好人做到底，送佛送到西，我從枝蔓的空隙間遞去那朵紙玫瑰花，過了一會，一條枝蔓突然甩了出來，像是一條鞭子般抽在男性蠟像的身上。

　　隨著「啪」的一聲響，男性蠟像整個向後倒去。

「哇——小娟更加生氣了，快把我扶起！快把我扶起！」我走上前幫忙，但他實在太重了，我連扶帶拽費了很大勁也未能將他扶起來。

「你好重呀大佬。」
「這是當然的，因為我是一個蠟像。」他自豪地回答。
「你可唔可以畀啲力？」我無奈。
「蠟像沒有長肌肉。」他一副理所當然的態度。

「……」

　　Jill 雙手交疊胸前，沒有想幫忙的意思。我只好靠自己，一咬牙用盡全身的力氣，終於把蠟像扶了起來。

「挫賽，小娟更生氣了，你説怎麼辦？怎麼辦？！」男性蠟像十分苦惱。

「你女朋友究竟鍾意啲咩㗎……」我有氣無力的道。

　　Jill 輕輕嘆了口氣，彷彿看不過眼，伸手到耳邊摘下一隻鑲著珍珠的耳環，從枝蔓間隙遞了過去，然後，植物牆便一下子消失、枯萎。

「小娟！」只見男性蠟像的對面站著一個農家姑娘打扮的女性蠟

像，耳上戴著一隻珍珠耳環。

「老兄，替我謝謝她！」男性蠟像好生歡喜。

「你自己唔講？」我問道。

「小娟不許我跟其他女人說話。」

　　我又是一臉無奈：「Jill，佢叫我多謝你。」

「爛鬼蠟像，阻住晒。」Jill 逕直就向前走了過去。

「你女朋友的性格比小娟更惡劣！」男性蠟像抱怨道。

「佢唔係我女朋……」

　　我一句話還未說完，男性蠟像又道：「老兄，我這張紙給你。」

　　原來他的手上拿著一張紙，我一直沒有留意到。我拿走那張紙，發現又是一篇日記：

2017/10/XX

He proposed to me yesterday and I said yes.
（他昨天向我求婚，我答應了他。）

He's made me the happiest woman alive.
（他讓我變成全世界最幸福的女人。）

XXXXXX

「呢篇日記同頭先嗰篇係咪同一個人寫？」

「⋯⋯」

「日記嘅主人應該係個女人，背叛佢嗰個會唔會就係佢未婚夫？」

「⋯⋯」

「佢嘅日記會出現喺呢度，或者同我哋被困有關？」

「⋯⋯」

　　因為 Jill 很不愛說話，所以我十句話裡有九句都是自言自語。

　　我們拐過了轉角處，經過電訊服務中心，再經過一個寬敞明亮的自修溫習區，最後來到接駁天橋的位置，停住了腳步。

　　接駁天橋應該只有一條才對，但現在眼前卻出現了兩條天橋的入口。

「做咩唔行？」Jill 毫無感情的目光中帶著一絲困惑。
「你唔覺得有兩條天橋好奇怪咩？」

　　Jill 皺了皺眉，我立即意識過來，解釋道：「哦，你唔係讀呢間大學嘅。」

「正常呢度得一條天橋，依家變咗有兩條。」兩個天橋入口的上方都掛著牌子，左邊寫著「大哥的房間」，右邊則寫著「弟弟的房間」。

「我哋應該入『大哥的房間』定係『弟弟的房間』？」我問道。
「⋯⋯」
「不如我哋擲公字決定，公嘅話就入『大哥的房間』，字嘅話就入『弟弟的房間』。」
「⋯⋯」

　　她依舊沉默著。

　　雖然我們只相處短短不到半天的時間，但在這種情況之下，她沉默就是代表無所謂。於是我拿出一個硬幣將往上拋，落下來，是公的那一面。

「係『大哥的房間』。」我說。

「大哥的房間」那端天橋的盡頭有扇門，我朝 Jill 看了一眼，她漠然地點點頭，我便慢慢將門推開。

　　門後是一間小型教室，三列座位呈半圓形圍著講台，講台後面有一張大型的投影幕及白板，看樣子是三號教學大樓的商學院行政教室。我們放輕腳步走進去，裡面除了我們就沒有其他人。

　　當我走到講台附近時，我忽地感覺到背後被一把槍抵著。

「噓，唔好出聲。」身後傳來一道小男孩的聲音。
「……」我額角流下冷汗，一動都不敢動。
「慢慢咁轉身，記住唔好出聲。」他續說。

　　我和 Jill 慢慢地轉身，卻看到一個拿著雙槍的小男孩。他戴著一個超人面具，不知道此刻掛著怎樣的表情。

「你兩個……係人類？」悶悶的聲音從那張面具裡發出。
「嗯……」我並沒有因為他是小男孩而稍微鬆懈。
「人類……我已經好耐有拎過人類嘅靈魂喇……」他的聲音變得詭異。

「你、你係魔鬼？」我顫抖問道。

「冇錯……我要拎走你哋嘅靈魂……」看來他已經飢渴難耐。

「大、大佬，你哋唔係話唔會夾硬嚟㗎咩……萬事有商量呀，或者我哋可以……」

「開槍。」Jill 忽然踏前一步。

　　我嚇得一身冷汗，趕忙求饒：「唔好呀！佢講笑㗎咋！」

「哼——佢個樣睇落唔似講笑喎。」面具小孩抬頭看著 Jill。

「仲等啲咩？快啲開槍。」Jill 垂眸看著面具小孩，目光只有冷淡。

「女人！我依家就拎你嘅靈魂！」面具小孩撥開了手槍的保險開關，瞄準著 Jill 的頭部。

　　Jill 再踏前一步，「砰」的一聲巨響，面具小孩的手指已經扣下了板機。

　　手槍槍口射出了一道水柱，把 Jill 的臉弄濕。

「哈哈哈哈哈哈哈哈……」面具小孩捧腹大笑。

　　我真的傻眼了：「水槍……？」

「冇錯，就係水槍！」面具小孩舉了個勝利手勢。

「你唔拎走我哋嘅靈魂？」我怔怔問道。

「我比較鍾意整蠱人類多過要佢哋嘅靈魂。但我細佬就唔同，佢好渴望得到人類嘅靈魂！」

「咯咯咯——咯咯咯——」面具小孩剛說完，門外便猛然傳來一陣驚吵的拍門聲。

「Ooooooooops！我細佬過嚟搵我嚕！」面具小孩奸詐一笑。

他用手指指向最後一排座位，道：「或者你哋可以匿喺枱底。」

「咯咯咯——咯咯咯——咯咯咯——咯咯咯——咯咯咯——咯咯咯——」

拍門的人得不到回應而變得更加急躁，而這裡只有一道門通往外面，除了躲起來根本沒有其他辦法。

「……」

Jill卻不為所動，連臉上水珠都不抹掉的一直瞪著面具小孩，目光深沉得讓人打從心底起了寒意。我只好硬拉上她，藏到最後一排座位下方。

「嘎吱——」

隨著門被打開，一道粗獷的男性聲音大喝道：「頂！做咩咁耐先開門畀我！」

我偷偷探出頭來，只見一個巨山般的大漢走了進來，他也戴著超人面具，身高至少兩米，渾身肌肉虯結，撐得衣服緊繃地貼在他身上。

「嘻，我頭先練緊槍法。」面具小孩賊笑著說。
「頂！你有心情練槍法，不如幫手去搵人類！」面具壯漢一踩腳，周圍像地震般搖晃。

「細佬，唔使心急喎，時候一到，人類自然『浮上枱面』。」面具小孩笑嘻嘻地道。

「頂！咁即係幾時！如果畀我再見到人類，我一定會狠狠咁折磨佢哋嘅靈魂！」面具壯漢如此說道。

「有時候啲嘢就喺你身邊，只不過你冇認真咁去睇。」面具小孩說完之後，望向我們藏身的地方。

「頂！你仲喺度講埋啲冇用嘅嘢，我要人類靈魂！人類靈魂！」面具壯漢粗著嗓子大吼。

「或者你應該由呢度嘅枱底開始搵起。」面具小孩舉著勝利手勢。

File　Home　Insert　Layout　Review　View

Calibri (Body)　11　B　I　U　abc　ab　A　A　∨　⊠

「頂！你又喺度玩我！我要出去探索下，睇下有冇人類喺度！」
面具壯漢轉身便走。

「可以呀，不過夜啲探索會好啲。」面具小孩的語氣轉為凝重。
「點解？」面具壯漢停了腳步。

「因為，尋人勿探早（尋人密探組）。」面具小孩比了一個勝利手
勢。

「頂！！！」面具壯漢似乎再受不住他的冷笑話，打開門離開了
教室。

「你兩個可以出嚟喇——」面具小孩對著我們說。
「點解你要幫我哋？」我謹慎地離開枱底。

　　　面具小孩雙手插腰，仰頭笑道：「哈哈哈！你哋咁快死咗就
冇嘢好玩。」

　　　雖然暫時脫離危險，但面具壯漢隨時都會回來，最好還是盡
快離開這裡。

「咁我哋係咪走得？」我小心問道。
「當然走得。」面具小孩把姿勢換成超人的登場動作。

「Jill……」

她沉著臉不語，不知道在想甚麼。慢慢的，她的眼神變了，少了那一股寒意，身子移動，便跟我一起離開了教室。

「掰掰！靚女姐姐。」面具小孩對著 Jill 揮手說再見。只見 Jill 直走直過，連眼角都不往他的臉上看一眼。

我窺探外面確認安全之後，便打開門跟 Jill 一起走出。

我們正身處三號教學大樓的七樓走廊，遠遠望去可以見到一個寬闊的自修空間，中間擺放著數張大桌椅。雖然魔鬼少年說過我的同學在這幢大樓，但沒有具體透露他們在哪一層、哪一個位置。

「我哋依家去邊好？」我一時拿不定主意。
「……」Jill 也沒有意見。

面具壯漢應該還在這樓層徘徊，被他逮到的話後果不堪設想，還是盡快離開這層吧。我和 Jill 走到升降機口，按下「▽」按鈕便走進去。

我想像著如果自己是他們的話，被困了大半天現在會待在哪一層、六樓、五樓和四樓都是課室樓層，三樓是咖啡店……考慮

到肚子餓這一點，他們應該會在三樓的咖啡店吧？

升降機門慢慢合上，就在最後的門隙裡，兩隻手掌忽然從外面伸了進來，硬生生將門撐開，道：「人、人類！！！」

一抹巨大的身影堵住門口，強烈的壓迫感迎面襲來，是面具壯漢。

「人類！！！我搵到人類呀！！！」他大手一伸，便如鋼鉗般掐住了Jill那白皙的頸項，把她整個人提起。

Jill懸在半空中的雙腿一踢一踢，忍不住用手去扳開他，但就是憾不動分毫，只能發出「嗯一嗯一」的悶聲，氣都喘不過來。

「喂！你放手！」我連想都沒想就向他揮拳過去，可是任憑我再怎麼用力打，對於他來說頂多像是蚊叮。

「細佬呀——我哋魔鬼唔可以直接拎走人類靈魂㗎喎。」面具小孩沒有加以阻止，口氣頗有些幸災樂禍的意味。

「頂！！！但我真係好想得到人類靈魂呀！！！」隨著大腦供氧被持續剝奪，Jill的臉染成一片暈紅，再這樣繼續下去，不用多久她便會窒息死亡。

「放手呀！！！」我急得快哭出來。

「細佬，你唔記得 Melt 講過啲咩嘩？」面具小孩嘆了口氣。

這句話猶如當頭棒喝，面具壯漢全身一抖，然後慢慢放開了 Jill。頸項得到解放的她坐倒在地上，大口喘息，眼中卻流露出憤恨之色。

「打攪晒兩位真係唔好意思。」面具小孩強行地合上升降機門，升降機微微一震之後，開始慢慢向下降。

Jill 的喘息聲漸漸平和，手撐在地上想要站起來，第一下卻失敗了。我想去攙扶，但她一臉逞強，硬是自己扶著牆站了起來。

「……你冇事嘛？」我擔心問道。

她不領情，雙眼像深邃無底的寒水：「你做咩關心我？」

這麼被她一厲，我彷彿被她釋放出來的寒意冷凍成冰，過了半晌才吶吶道：「對唔住，我唔知咁樣會造成你嘅困擾。」

像她這般高姿態的人，關心她反而會冒犯到她的自尊吧，又或者她根本不需要別人的關心，被罵也是我咎由自取。

她聞言面色一沉，眼中冷意也彷彿退了幾分，隨即轉身背對

著我，聲音平淡的道：「我冇事。」

「嗯，冇事就好。」我難掩嘴角的微笑。

「叮」一聲，升降機已降到三樓，門一敞開，外面便傳來一陣窸窣聲響。

那聲響來自前方不遠處的咖啡店，還未走過去便已經清楚看見裡面坐著一幫人：Cara、Eric、Isaac、Barry、Maggie……一共五人，全都是我的同學！

「原來你條友都喺度！」Cara 當先推門出來，用手臂勒著我的頸項。

「Cara……！點解你都喺度嘅？」我快無法呼吸，猛拍她的手臂。

Cara 是我在大學裡面最熟稔的朋友，性格爽直不拘小節，頭髮有一撮沒一撮地染成藍色，常以一身嘻哈打扮示人。此時 Cara 倒吸了一口涼氣，勒住我頸項的手臂總算鬆開：「講起上嚟一匹布咁長，話說我收到 Dr. Li 嘅 Email……」

她話未說到一半，忽然停了下來，目光移到我身旁的 Jill，臉上忍不住微微變色：「佢係……？」

「佢叫阿 Jill，係我嚟咗呢度第一個遇上嘅人，佢、佢⋯⋯」我忽然語塞，因為除了名字我便對她一無所知。

　　Cara 向來機靈，立即笑著道：「哦！原來係阿 Jill，不如我哋入去先講──」Jill 默默點了點頭，我們三人隨即走進咖啡店裡面，坐在桌子的周邊。

　　所有人的視線都聚焦在 Jill 身上，除了因為她渾身散發出一股不凡氣質，同時也因為她的頸項上有一道觸目驚心的掐痕。

「你朋友冇事嘛？」

　　說話的人是 Eric，常年戴著黑框玻璃眼鏡來掩飾他天生銳利的目光，GPA 成績從未試過低於四。我看了 Jill 一眼，見她沒有反應，於是替她回答：「頭先發生咗一段小插曲，不過冇事。」

　　Eric 微笑不語。

「靚女，你叫咩名呀？」滿身潮牌的 Isaac 對著 Jill 展露笑容。
「⋯⋯」Jill 聽而無聞，偏頭望向別處。

　　Isaac 不怕失敗，繼續與 Jill 攀談：「我係 Isaac 呀，好高興認識你。」

「……」Jill 仍然不為所動，應該說她由始至終都是冷著一張臉。

「Isaac，好心你唔好咁狗公啦。」Maggie 托著腮道。

「我呢啲唔係狗公，而係社交基本禮儀。」Isaac 辯駁道。

Maggie 嘴角扯出個弧度，頗有嘲諷之意：「但人哋冇應你喎，咁佢咪即係連基本禮儀都冇？」

「嗱，你唔好亂講呀，人哋可能劫啫。」Isaac 嚴肅地糾正。

Maggie 淡淡瞥了 Jill 一眼，似乎若有所想，轉而對著 Barry 說：「肥仔 Barry，我有啲肚餓，喺廚房攞件三文治出嚟畀我食。」

論樣貌，Maggie 長得有幾分姿色，素來在班內都是呼風喚雨，但與 Jill 相比，卻是馬上黯然失色。她或許感到自己的地位被動搖，於是急於填補內心的不安全感。

Barry 點頭應了一聲，便乖乖轉身走進廚房，回來的時候，居然還順道多帶了兩份三文治給我和 Jill。Maggie 看在眼中，臉上怒意浮現便似要發作，但最後又強行忍著。

「唔該晒你 Barry！」我裝作沒察覺，拿起三文治狼吞虎嚥大吃起來。

「Cisco，不如你講下你哋喺呢度之前，發生咗啲咩事。」Eric 推了推眼鏡。

「好——」我一邊吃三文治，一邊把事情一五一十地告訴他們。

✉

「咁即係話，你哋都遇上魔鬼同埋另一個不明生物。」Eric 揉著太陽穴，處理剛吸收的龐大資訊量。

「你哋都係？」我不禁詫異。

「係——我哋途中遇到一個自稱 Melt 嘅魔鬼，即係你之前喺 AC2 Canteen 遇到嘅光頭少年，同埋一隻巨型人形怪物。」Cara 在一旁答腔。

「By the way，你頭先所講嘅嗰啲奇怪日記，可唔可以畀我望下？」Eric 問道。

「好呀。」我把那些一路上收集回來的日記遞給了 Eric。

「照咁睇，日記嘅主人應該係 Dr. Li。」Eric 語出驚人，眾人包括我在內皆有些吃驚。

「你點知道係 Dr. Li？」Isaac 睜眼問道。

「Dr. Li 嘅英文名係 Lilith，字母數同六個 X 吻合，其次 Dr. Li

同樣就嚟要結婚。」Eric 淡淡道。

　　仔細回想，Dr. Li 的左手無名指的確戴了一枚戒指，也是最近才開始戴的。

「咁點解 Dr. Li 嘅日記會周圍亂咁扴？同我哋被困喺度有咩關係？」Cara 問道。

「我暫時無法得出結論。」Eric 皺了皺眉，似乎有些苦惱。
「……」我們面面相覷，都沉默了下來。

　　過了一會兒，Maggie 站了起來，口氣裡有著濃濃的不耐煩：「你哋仲有冇重要嘢要講，如果冇嘅話我想返房先。」

　　他們幾個人的眼睛都落在 Eric 之上，他沉默了片刻，然後長呼了口氣，道：「咁大家散啦，記得聽日十二點鐘喺度集合，一齊再商討之後嘅事。」

「OK——」Maggie 頭也不回的走了，其他人也跟著陸陸續續離去。

「聽日中午見。」Cara 朝我揮了揮手。
「掰掰。」我目送著她離開。

很快的，咖啡店就只剩下我、Jill 和 Eric。

「嚟，我帶你哋去宿舍。」在 Eric 的帶領下，我們來到咖啡店對出的演講廳入口，推開門之後，裡面竟然是宿舍的長走廊，左右兩邊都是房間。

「點解門後面會係宿舍嚟……？」我下巴都掉下來了。
「呢度啲門唔跟邏輯嚟行。」Eric 苦笑一聲，然後又道：「你哋隨便揀間房，但盡量唔好離開呢層，因為我哋希望集中埋一齊。我間房喺走廊盡頭，有咩事可以嚟搵我。」

「……」Jill 有些心不在焉，但還是點了點頭。
「Eric，我想問你啲嘢。」我抿緊了嘴。

Eric 似乎早料到我會問他問題。

「隨便問。」
「你覺得係全世界所有人消失晒，定係我哋進入咗一個異空間？」
「後者機會比較大。」
「我都係咁諗，邊有可能全世界人都消失晒呢哈哈，問咗個低能問題咋，唔阻你休息啦，早唞。」

「唔緊要，將問題攤出嚟講總好過收埋喺心裡面，你都早啲瞓覺休息啦。」睡覺休息……嗎？身在這個超出理解範圍的異空間，

真的能夠睡得著？

Eric 走了之後，我挑了一個還未被佔用的房間，裡面掛滿了田徑比賽的照片，彷彿真的是屬於某個人的房間。但我知道，這一切只是投影，就連晾在窗前的四角內褲也只是從現實世界倒模過來的複製品，根本就沒有人真正在這裡住過。

洗完澡後，我連濕髮都沒有擦拭便躺在床上。

看著窗外一片黑色，那麼濃郁，就像是凝結了的血塊，甚麼都看不見。或許我們只是需要一些時間，待雙眼適應黑暗，就是能看見光的時候。但是，到了那個時候，我們會不會已經習慣了黑暗，再也適應不了光明？

Eric 的日記

　　史蒂芬金曾經說過：「Nightmares exist outside of logic, and there's little fun to be had in explanations. (噩夢並不受邏輯的控制，如果能夠被解釋，反而會失去趣味。)」

　　我是一個奉行理性主義的人，往往通過邏輯思考來解決問題，認為理性就是真理的本體，但是我並不抗拒無稽的事物，譬如是恐怖電影，我總能從中挑出毛病，並以此為樂。

　　這次的噩夢，當邏輯完全失去了可靠性，我一開始只覺得是場鬧劇，甚至有點被逗樂。直至，我發覺這是一場不會結束的噩夢，我才知道，當初的我是多麼的愚昧。

　　噩夢始於十二月一日的晚上，正確來說應該是十二月二日，因為當時已經過了午夜十二時，那時候，我正和 Isaac 一行人在圖書館趕 Group Project。

「大家睇下，係 Dr. Li 嘅 Email。」我直接把手提電腦屏幕轉向他們。

　　Isaac 湊上前看，不由得皺眉：「吓？半夜十二點鐘搵我哋？」

「會唔會剩係搵你一個咋？等我都睇下先。」Maggie 拿起閃粉保護殼的埃瘋。

「我都收到喎。」原子筆在 Cara 的手指間旋轉。

「我都係。」Barry 小聲地道。

Maggie 看完手機後，輕輕嘆了一口氣：「咁點？係咪一齊去搵 Dr. Li？」

看樣子，所有人都收到了 Dr. Li 的電郵。對學生來說，教授的召喚就是十二道金牌，不得不跟從，所以我們很快便有了共識。

「你哋又係上去搵李教授？」電梯間的保安問我們。

「又」這個字眼，代表剛剛也有人上了去吧。

「係呀，仲有其他人嚟搵 Dr. Li？」Isaac 好奇問他。

「啱啱有個薯下薯下嘅男仔上咗去。」保安又道。

「應該係 Cisco。」Cara 吃吃地笑了出來。

「係佢啦，英文系本來就少男仔。」Isaac 說完，電梯門便開了。

他跨步走了進去，一邊問道：「Cara，其實 Cisco 係咪你男朋友嚟？」

「吓？佢點會係我男朋友呀？」Cara 眉宇間有一絲無奈。

其他人也陸續進入電梯，六字的樓層鍵亮起。

「我見你哋成日黐埋一齊吖嘛，十足一對情侶咁。」Isaac 雙手交叉，靠在不銹鋼牆上。

「唔好玩啦 Isaac，佢完全唔係我嗰 Type 囉好冇？我哋只係好兄弟。」Cara 像是為了驅散頭痛般地揉了揉額頭：「其實你係咪想借啲意套我口風？」

「俾你識穿咗喺，其實我係想追你。」Isaac 眼含微笑看著她。
「想追老娘，早啲投胎或者有機會嘅。」Cara 漾起一個燦爛笑容，卻教人不寒而慄。

「啊呀呀呀呀，Cara 發動不留餘地嘅攻擊，Isaac 生命值扣減一百點！」

　　這是 Isaac 經常上演的戲碼，眾人見慣不怪，踏出已經打開了的電梯門，往 Dr. Li 辦公室的方向走去。

「叩叩叩。」我輕輕敲了敲房門，等了半天卻是沒有動靜。

「裡面好似冇人喎。」Cara 把耳朵貼在門上。
「打開門睇下？」Isaac 建議道。
「傻咗咩？點可以擅自打開 Professor 嘅房門。」Maggie 白了 Isaac 一眼。

「⋯⋯」Barry 不發一言，偷偷用眼角餘光觀察我們。

「Dr. Li——我哋係 Year Four 嘅 Students 呀——」

「叩叩叩、叩叩叩」，斷斷續續的敲門聲在幽靜的走廊迴盪著，但是門裡仍然沒有絲毫動靜。

「我諗 Dr. Li 真係唔喺度。」Isaac 嘆氣道。
「咁佢頭先封 Email 點解釋？明明唔喺 Office 但叫我哋嚟搵佢？同埋 Cisco 人呢？」Maggie 問道。

「係喎，Cisco 唔係都上咗嚟咩？」Isaac 也問道。
「我有 WhatsApp 佢，但訊息一直單剔。」Cara 低頭盯著手機屏幕。

「不如落返去先啦，呢度好翳焗。」Maggie 用手扇著風。

我點了點頭：「冇錯，再留喺度都無補於事。」

大家認同，於是便一起離開了六樓教職員樓層。但當我們回到四樓大堂，怪事便開始接連不斷地出現。
「喂，啲人唔見晒嘅？」Isaac 奇怪問道。
「咁夜，少人經過好正常。」一直沒有說話的 Barry 開口了。
「啱啱仲有成堆人喺度溫書㗎喎。」Isaac 不同意。

「喂……你哋望下嗰度……」Maggie 的手指懸在半空中。

我們順著她指的方向望去，只見原本是圖書館的三樓樓層，現在變成了一潭黑水。

Isaac 雙腳軟弱無力，勉強扶著欄杆支撐身體：「頂呀！我部 Megbook 仲喺圖書館裡面呀！」

「爆水渠？」Barry 低聲問道。
「哈哈哈哈，學校又搞單咁嘅野，Cisco 見到實會笑到肚痛。」Cara 拿起手機拍照。

當時，只有我一個人感到事態嚴重。

「Eric……你打電話報警？」Maggie 一臉驚愕的望著我。
「嗯，可能仲有人喺圖書館裡面。」我努力保持聲音鎮定。

他們聞言面色一沉，知道這意味著可能會搞出人命。

「你打嘅電話暫時未能接通，請你遲啲再打過嚟啦。」電話那端只傳來冷冰冰的聲音，撥不通。
接著，我發覺手上多了一根蠟燭。

我甚至看不清楚那根蠟燭是怎樣憑空出現，只在一眨眼，

手上便握著一根蠟燭。而且不只我一個，其他人的掌心也是黏著同樣的蠟燭，甩也甩不掉。

真的是荒誕到完全不合邏輯。

「Shit……！」Isaac 突如其來的罵聲將我從失神中拉回現實。

他抬起腳，鞋底黏著一隻像是吃腦蟲的不明生物，皮肉已被踩得扁平，慢慢失去黏力，整坨掉在地上。

也就在這個時候，我們所有人手上的蠟燭，火燄都向著同一個方向傾斜。彷彿有股強烈的吸力，引著燭火往那個方向吹去。

我全身感受到如芒在背的針刺感，就像被某種極恐怖的怪物盯上了一般。雖然大腦已經短路得無法進行理性思考，但直覺的危機意識告訴我，我們要立即離開這裡。

「大家聽我講，我哋要離開呢度。」我背上全是冷汗。
「吓，點解？」Barry 一點也不以為意。
「我解釋唔到，但係我嘅直覺……」
「啪嗒——」我的手臂從身體上分離，從半空摔落到地上。
「啊呀呀呀呀呀呀呀呀呀呀呀呀！」失去手臂的是我，尖叫的卻是 Maggie。

「E-Eric……」Isaac 呆呆地看著我，似乎知道若不是我剛才把他推開了，遭殃的便會是他。

「……」出現在我們眼前的人形怪物，低頭望著那坨被 Isaac 踩扁的生物，發出了低低的哽咽聲音。

它慢慢轉頭望向 Isaac，原來的悲傷神情漸漸消失，取而代之的，卻是深深的憤怒。

「啊、呀……」Isaac 的褲襠處濕了一大片。

人形怪物一步步走近 Isaac，眼中凶光閃動，Cara 等人都被嚇呆了，站在旁邊不知所措。

我還未失去意識，但已經失去了再度爬起的氣力。怎麼辦……？Isaac 會被殺掉的，雖然我自己的情況也好不到哪去。

正當我這樣想的時候，一本《聖經》毫無預兆就從上方掉了下來，落在我面前的血泊之中。人形怪物看見了《聖經》，眼神深處忽然閃過一絲驚慌。我抓住這道轉瞬即逝的線索，立即用僅餘的左手翻開《聖經》。

「迷惑他們的魔鬼，也被拋入那烈火與硫磺的坑中——」

它痛苦哀號，皮膚開始碎裂冒出青煙，我拼盡殘軀中最後的力氣，繼續唸下去。

「就是那獸和那位假先知所在的地方，他們必要日夜受苦，至於無窮之世。」

青色火焰從人形怪物的七竅噴出，一瞬間如游龍般爬上它的全身，連同它的慘叫聲一起吞噬。它連一點黑渣都不剩，只在空氣中殘留著淡淡的青煙，我身體所能承受的負擔終於超出了極限，再也無力支撐，向後仰倒而去。

到此為止了嗎……？

我隱約看見一個光頭少年走到我面前，指著我手上的《聖經》，嘴巴張張合合好像在說話。這是我失去意識之前，腦海裡刻下的最後影像。

我睜開眼睛，映入眼中的是白色的宿舍天花板，還有幾張焦急而熟悉的臉孔：Isaac、Cara、Maggie 和 Barry。

「Eric！你終於醒㗎！」Isaac 喜極而泣。

「你冇事實在太好喇……」Cara 抹一把額上的汗，手上拿著剛才那本《聖經》。

「點解我會瞓咗喺度……」我疑惑的想坐起身，卻被眼前所見震撼著：「我隻手……點解……」

我斷掉的手臂竟然重新長了回來，一切完好如初，連疤痕都不見。

「你昏迷咗之後，有個自稱係魔鬼嘅少年話用《聖經》可以修復身體損傷。」Barry 好像有點興奮。

Cara 揞住臉，大嘆一口氣，「係呀，你隻手好似發芽咁生返出嚟。」

他們明顯知道這番說話荒謬至極，但事實擺在眼前卻又不得不信。我也放棄研究《聖經》療傷的合理性，又問：「咁點解我會嚟咗宿舍？」

「隻魔鬼話十六號演講廳嘅門可以通往學生宿舍，叫我哋入嚟暫避。」Maggie 打量著自己的粉紅色手指甲。

「嚟宿舍嘅途中我哋仲遇到兩隻戴住超人面具嘅魔鬼，好影佢哋冇襲擊我哋。」Barry 的確很興奮。

「哈哈哈、哈哈哈哈哈哈。」不行，我忍不住了。
「Eric……你冇嘢嘛？」Cara 擔心地望著我。

　　我笑了好一陣子，勉強收住笑意：「對唔住，我想一個人靜下。」

　　Isaac 帶著深深的愧疚之意，說：「對唔住，都係因為我你先會受傷。」

　　我不發一言，Cara 看了看我，隨後低聲提醒 Isaac：「Eric 需要好好休息，你留喺度只會阻住人。」

　　「……」我既不承認也不否認。
　　「咁好啦……你有事就出嚟搵我哋。」

　　他們離開了之後，我重新躺回床上，是做夢吧？真是個誇張的夢呢，居然連魔鬼都出來了，或許我平日太死板正經，才在夢裡彌補現實中欠缺的部分。

　　應該是在做夢沒錯吧。這一定是夢。對，只要我再次醒來，一切就會恢復正常。

午夜的
教學大樓

ACADEMIC BUILDING AT MIDNIGHT

正在開啟文件 ...

「 第二章《血的視界》.doc 」

File　　Home　　Insert　　Layout　　Review　　View

Calibri (Body)　　11　　B　/　U　abe　ab　A　A　∨　⊠

　　　　有人説，轉換新環境能夠刺激靈感。如果那個新環境是鬼怪橫行的異空間，效果會更佳。

　　　　這就是我現在的情況，靈感在腦海激烈碰撞，從缸中的大腦到外星人綁架，再到真人實況節目，試圖找出能夠解釋這一連串怪異現象的理論，結果輾轉反側到了半夜才迷迷糊糊睡著，早上醒來時也很早，還不到十點。

　　　　當然，大腦亢奮了一整夜，我只能得到個屁，而且整個人精神憊憊的，於是穿起了外套出去走動一下。

　　　　來到咖啡店，看見 Barry 和 Isaac 已在裡面，相信大家都夜不成眠吧。

　　「Barry、Isaac，早晨呀。」我打著呵欠道。
　　「……」Barry 一邊用手機看動畫，一邊把蛋糕往嘴裡塞，跟我點了點頭算是打過招呼了。

　　「咁早呀，噚晚你身邊嗰個女仔呢？」Isaac 平日上學總是一身潮牌惹人注目，來到異空間仍貫徹著這道原則。

　　「唔知呀，仲喺房瞓緊覺啩。」我隨便亂猜。
　　「你好似唔係太清楚人哋喎。」他瞇起了眼睛。
　　「咁因為我同佢的確唔係好熟。」我無奈笑笑。

他見 Barry 沒有注意這邊，便把臉往著我湊了湊：「咁你唔介意我追佢㗎可？」

我真是服了，到了這種境地還顧著這些。

「點解你會問我呢……你想追嗰個係佢，你應該問佢。」我攤手聳肩。

「有你呢句就得啦！」他笑著豎起大拇指。

此時 Cara 推門而入。她不再是一身嘻哈穿搭，而是換上了粉色寬鬆衛衣和白色網球裙。

「望咩呀，我間房得呢啲衫咋。」她不屑的呲著牙齒。
「你依家咁著咪幾好，似返個正常女仔。」我老實地説。
「咁你即係話我之前唔正常啦？」她一腳踩在我坐著的椅面上，舉掌作勢要打我。

「唔係……麻煩收返埋你隻鐵砂掌先。」回答是的話被她打死吧。

「哼。」她慢慢放下手掌，然後一屁股坐在我旁邊的沙發上：「阿Jill 呢？冇同你一齊嘅？」

「……其實我同 Jill 真係唔熟，噚日佢係逼於無奈先會同我一齊

File　　Home　　Insert　　Layout　　Review　　View

Calibri (Body)　　11　　B　*I*　U　abc　ab　A　Ay　∨　✉

行動。」

　　　　我說話的期間，Isaac 在一旁靜靜地聽著，Barry 還是專心地看著動畫。

「哦，係咩？」Cara 雙手交疊，食指不規律地輕敲。
「係呀，當時得我同佢兩個人，四周圍又魔鬼又盛，唔通分開各自走咩，唯有⋯⋯」

「喂，死毒撚，你睇卡通片較細聲啲得唔得呀？」Isaac 忽然喝罵 Barry，打斷了我的說話。

　　　　Barry 立刻調低了音量，慌慌張張道歉：「對、對唔住。」

「大家一場同學，你使唔使咁嘅態度呀。」Cara 替 Barry 說話。
「我先唔想同佢做同學。」Isaac 看 Barry 的眼神像在看垃圾一般。

「Barry，唔使理佢，晨早流流喺度發癲。」Cara 轉頭安慰道。
「⋯⋯」Barry 始終戰戰兢兢，不敢回答 Cara。

　　　　Isaac 在我面前打了個響指：「繼續講返你同阿 Jill 啲嘢啦。」

「⋯⋯可以講嘅都講晒，我去整早餐食。」我丟下這句便轉身走

進廚房。

「挑——唔講咪唔講，好叻咩。」Isaac 輕蔑地道。

　　不久之後，Eric 和 Maggie 也來了，坐下跟我們一起閒聊，一直聊到中午十二時多，Jill 仍未出現。

「我哋可以開始未？」Eric 問道。
「Jill 仲未到喎，不如等多陣。」我道。
「係咪要我哋全部人等佢一個呀，傾住先啦。」Maggie 手指不耐煩地敲著桌面。

「依家先十二點零五分，我覺得可以等多陣嘅。」Cara 忍不住道。
「係囉，Maggie 你平時都遲唔少啦，咪又係個個一齊等你。」Isaac 附和道。

　　Maggie 嘴裡「噴」了一聲，不說話了。

「咁我哋再等多十分鐘。」Eric 淡淡道。

　　轉眼十分鐘過去了，Jill 還是沒有出現，Eric 只好開始會議。

「大家都知道呢度有兩類非人生物，第一類係魔鬼，第二類係會主動襲擊我哋嘅怪物，例如一開始嘅巨型人形怪物。」

「因為第二類非人生物對我哋威脅較大，所以我整咗啲裝備出嚟，希望可以喺危急關頭對付佢哋。」

「我強調係危急關頭先用，我絕對唔建議大家主動去挑釁嗰啲怪物。」

「呢個係用 Arduino 整嘅驅趕器，我預先錄咗一段聖經驅魔經文喺裡面，撳完掣會以二十倍速度播放出嚟。」

「呢部單反相機外加咗一個特製嘅閃光燈遮光罩，可以打出十字架形狀嘅閃光……」

之後的內容我不知道了，因為我沒有再聽下去，徑自回到了宿舍。

其實我並非執著要 Jill 出現才開會，大不了我回去把內容轉述給她，但他們不當她是一份子的態度才讓我生氣得牙都快咬碎了。

我來到走廊盡頭，看見一道門上貼著白紙，上面以工整的字跡寫著：「進來就殺了你」。這應該是 Jill 的房間……吧？嗯，肯定沒錯。

我輕輕敲了兩下門，等了一會，但門後沒有回應。

「Jill，我係 Cisco 呀，可以開一開門嘛？」

再敲敲門，又等了一會，還是沒有回應。我忽然有種不祥預感，於是我深深呼吸，把手放了上去，將門慢慢往後推。

——預感果然沒錯。

「大家聽我講！Jill 唔見咗！」我喘著氣跑回咖啡店。

「宿舍所有地方都搵過晒？」Eric 站了起來。
「搵過晒！唔見佢！」我心急如焚。
「會唔會去咗散步咋？」Maggie 毫不在意的道。
「散步？周圍都係怪物，自己一個出去散步！？」我一拳捶向牆壁。

「你理得人哋啫，可能人哋一個打十個呢。」Maggie 還是那個態度，再跟她說下去只是浪費唇舌。

「我要去搵佢。」我下定決心了。
「你咁樣好危險，唔知會有啲咩出現。」Eric 語重深長地勸我。

「咁我更加要去搵佢。」我非常堅定。
「你係咪一定要去？」Cara 認真問我。

「係。」我想也不想就回答。

　　　　Cara 嘆了口氣，彷彿服了我一般：「咁我陪你一齊去。」

「好兄弟！」我大力一拍 Cara 的肩膀。
「痛呀！」Cara 更加大力地拍回我。

「我知你籠嘢㗎 Cisco，你想爬我頭吖嘛？唔使指擬呀，我都要去追阿 Jill 返嚟！」Isaac 竟然也加入，令我有些意外。

　　　　Eric 沉默片刻，目光隨即落在 Maggie 身上，Maggie 立即轉開頭去，急道：「唔好預我呀，我唔會去㗎。」

「Maggie 唔去，我都唔去。」Barry 也低聲道。

　　　　此刻，所有人的目光都集中在 Eric 身上，等待他作出決定。

「Cisco……」Eric 說話好像有點艱難：「我本來打算同你哋一齊去，但如果我走埋 Maggie 佢哋就得返兩個人，所以……」

「得㗎啦，我哋三個人已經夠做。」我比了個「OK」的手勢。

　　　　我們很快便離開了咖啡店，沿著樓梯拾級而上，逐層尋找 Jill 的蹤影。

「Jill！你喺邊呀？」

「阿 Jill ！你聽到就應一聲啦——」

「Jill ！你嘅白馬王子 Isaac 嚟搵你啦！」

　　我們一直不見她的身影，呼喚亦不曾得到任何回應。而現在，我們已經上到六樓，一邊沿著那條筆直的走廊走去，一邊繼續呼喊她的名字。

「其實我哋咁樣嗌會唔會引晒啲怪物過嚟⋯⋯？」Isaac 喉頭鼓動。

「會㗎，你驚咪返去先囉。」Cara 笑笑。

「邊個話我驚呀，」Isaac 被戳到痛處，聲音立刻提高了一倍：「Jill 你喺邊呀？做咩粒聲唔出就走咗呀？」

　　對呀，為甚麼 Jill 一聲不吭就走了？她有難言之隱，還是像 Maggie 所說的，只是出來散散步？就在腦海剛剛產生出這個念頭的時候，我的正前方約五米的不遠處，我急欲尋找的身影就在那裡。

　　白衣飄飄，長髮如瀑，一個人慢慢向前走著。

「Jill——！終於搵到你喇⋯⋯！」我忍不住叫了出來。

Calibri (Body)　　11　　B　*I*　U　abc　✎　A　A̶　⌄　✉

　　　她的身子頓住了，但沒有轉過身來。

「Jill ？」我停了在她的身後。

「係呀，我哋好擔心你呀……」Issac 話未説完，卻只聽得 Cara 打斷他道：「好啦好啦，你唔好喺度阻住人啦。」

　　　Cara 好不容易拉走了 Isaac，僻靜的走廊便只剩下了我和 Jill。我望著她的背影，沉默了片刻，才慢慢地道：「Jill，你做咩自己一個走出嚟？」

　　　Jill 慢慢轉頭，隔著一段距離，冷冷地將目光鎖在我身上。

「關你咩事。」
「我擔心你一個人會有危險呀嘛……」

　　　她聞言，嘴角勾起了一抹冷笑：「好笑，唔通我自己顧唔掂自己？」

「係顧得掂嘅話，當初就唔會喺我面前暈低啦……」我嘴裡低聲咕噥道。

「你試下講多次。」她一字、一字地吐出。

周圍的空氣彷彿驟降了好幾度，但我不能在這裡退縮。

「我話你——完全顧唔掂自己！成日周圍撩交打！見到魔鬼都唔識驚！唔係我攔住你嘅話，你晨早賣咗鹹鴨蛋喇——！！！」我幾乎用吼的，吼得遠處樓梯口附近的 Cara 和 Isaac 都能聽到。

她低下了頭，袖子裡的雙手緊緊握成了拳頭：「……你到底係嚟做咩？嚟奚落我？」

「唔係，我想你跟我返去。」我呼了一口氣。

她抬起頭，雙眸都快拼出火星了：「咁你口才都幾了得，我依家更加唔想返去！」

「我不嬲冇乜口才，所以一開始就冇諗過用軟嘅方式冚你返去。」既然 Jill 自己都跑了出去，肯定不會乖乖跟我回去，所以我一開始便打算來硬的。我把指關節拼得咔咔直響，慢慢走近了她。

「你、你敢！？」她禁不住微微變色。
「非常時期，要用非常手段！」我故意嚇她。

她偏開了頭：「哼——扮、扮晒嘢，我就唔信你……」

我還沒等她說完便抓起了她的手，往樓梯口拖去。

「放手呀！賤格！」

「我唔返去呀！快啲放手！」

「如果你放手嘅話，我或者可能會考慮下唔追究！」

「你知唔知我跆拳道黑帶，一腳可以踢死你！」

「我數三聲！三！二！一！放手！」

　　　我不顧她的反抗，拉著她的手踢開樓梯間的門，裡面的 Cara 和 Isaac 看在眼中也是一臉無奈。她一直大吵大鬧，就是只差沒有罵髒話，直至我們回到三樓時終於放棄掙扎，但轉為用惡狠狠的眼神瞪著我。

　　　一直，死瞪著我。看樣子回到宿舍後要把所有利器藏好，免得她懷恨在心把我剁成肉醬。

　　　「喂 Cisco 你睇下，Maggie 喺 Cafe 門口做咩？」Cara 拍拍我的背說道。

　　　遠遠看去，咖啡店的櫥窗玻璃被貼滿了《聖經》，Maggie 一個人站在外面，全身抖得厲害。她發現我們後，眼睛發出求救的信號。我們大概知道出事了，快步跑了過去。

　　　「喂，Eric 同埋 Barry 呢？」Cara 小心翼翼地問道。

　　　「裡、裡，佢、佢哋，魔、魔——」Maggie 語無倫次。

咖啡店貼滿了密密匝匝的《聖經》，只留下一個小洞口，我把眼睛對了上去，只見小洞口後方一片黑色，甚麼都看不見，於是打算撕下一張《聖經》看清楚裡面的情況。

就在這時，Maggie 發瘋似的向我撲來：「唔准撕！」

Cara 用手攔住了她，急著對我道：「你撕開啲《聖經》！我攔住佢！」

「唔准撕呀！會放咗佢出嚟㗎！」Maggie 一陣歇斯底里尖叫。

櫥窗玻璃上的《聖經》一張張被我撕掉，慢慢現出了 Eric 的臉，他眼神呆滯，整張臉都貼在玻璃後。我仍然不知道是怎麼一回事，要繼續撕下去嗎？

「對唔住、對唔住……對唔住……」Maggie 口中只不停地道。

「匡啷！」在我們所有人都來不及反應之際，Isaac 猛的把滅火筒扔了過去，整面櫥窗玻璃應聲粉碎。玻璃碎片差點噴濺到我們，我幾乎就想破口大罵，可話還沒出口，卻被眼前的畫面給震住……

光頭魔鬼少年 Melt 站在咖啡店的正中間，Eric 被他單手抓著後衣領提在手上，四肢已被奪去，殷紅色液體一直從四肢連接處瀉滿出來。

　　Barry 則瑟縮在咖啡店的一角，褲檔一大片濕痕，溫熱的液體滴落在地上，與地上的血泊融為一體。腥臭污穢之氣撲鼻而來，再加上血腥場面的衝擊，Cara 和 Isaac 早已嚇得癱軟在地上，儘管在各種意義上已經不行了，但我還是盡可能保持雙腳站立，與眼前的少年四目相接。

　　他隨手一拋，將 Eric 的身軀扔到地上：「咳嗯嗯嗯──別來無恙嘛？」

　　他想問的不是我，而是我身旁的 Jill。

「……」Jill 咬牙切齒，但不是出於同伴被殘害的憤怒，只是單純對魔鬼少年恨之入骨。

「咳嗯嗯嗯──你係咪都想失去四肢？」魔鬼少年 Melt 説完之後，手心不斷湧出熔岩狀的黑色液體，像是有生命般纏繞他的全身，周圍的空氣頓時變成了熾熱之氣，吸進了肺部也是滾燙的空氣，使呼吸漸漸變得困難。

　　Jill 邁步就衝向 Melt，我想攔也攔不住：「放心，你會死得好難睇！」

　　她脱去了白色針織薄外套，露出的白哲雙臂，竟然寫滿了《聖經》經文。同一時間，以黑色岩漿包裹著全身的 Melt 也直撲向

Jill，Jill 毫不猶豫掄起拳頭，和他正面對撼。

拳頭對拳頭，沒有任何偷奸耍滑。

瞬間，刺眼的白光以兩人為中心迸發出來，比幾顆照明彈同時引爆還要刺眼。光華背後，只見 Jill 的拳頭冒著焦煙，如長鯨吸水般把 Melt 身上的黑色岩漿吸走，Melt 重新露出臉來，剎那間臉如死灰！

「喝啊——」Jill 怒叱一聲，腰腿用力，直接把 Melt 打飛了出去。

Melt 轟然撞進了店後的蛋糕櫃，整個人亂七八糟。光華漸漸退散，Jill 慢慢走近了 Melt，把他從蛋糕櫃裡面揪了出來。

「估唔到你會將《羅馬禮書》寫喺身上面……」Melt 嘶啞著聲音。

Jill 一言不發，一拳往他臉上揍去。

Melt 晃了一下，噴出一大口殷紅鮮血，Jill 沒有將臉上的血污抹掉，往下又是一拳、一拳。接下來的畫面，只能用慘不忍睹來形容，放在電影的話，即使列為第三類不雅物品也不能過關。

鮮血濺到 Jill 的身上，她的拳頭依然抬起，落下，抬起，又落下，白皙的臉上肌膚，第一次泛起淡淡紅暈。一開始 Melt 還會

偶爾抽搐一兩下，或是發出「咿咿呀呀」的細碎聲音，直到變成了一團碎肉醬，便不再動了。

原本一身空靈清絕氣質的 Jill，現在渾身上下盡是血污，儼然就是一個血人。她慢慢轉過頭看了過來，此時看去，她的臉色竟是那麼的疲倦，像是已經耗盡了所有體力。

「你依家係咪對我有少少改觀？」她的聲音冷淡而略帶疲倦。

我愣了一下，沒有回答。她慢慢走到我面前，整個人幾乎貼在我的身上：「我問緊你！你依家係咪好驚我！」

她一雙清亮的黑眸目光銳利逼人，直視著我。我沉默了一會，只是嘆了口氣，然後脫下外套披在她身上。

「唔好冷親。」我淡淡道。

她怔了一下，臉上神情複雜變化，目光深處彷彿有甚麼異光掠過，但也只是一閃而過。

「邊個要你件衫！」她一把將外套甩到地上。

我苦笑了一聲，沒有再理會她，轉身走到 Eric 的軀幹跟前蹲下。

　　Eric 的蠟燭還未熄滅，不過只剩下芝麻大小的一點星火，我伸手一探鼻息，果然還有一絲氣息尚存。我只知道隨著燭火變亮，意識也會回復過來，但受傷了的地方，會不會也一起癒合？

　　我隨即開始唸起《聖經》，卻見 Eric 的肢體以肉眼可見的速度重新生長出來。

　　原來傷口不只會癒合，而是完全修復！我心裡吃驚不小，但依然繼續唸著《聖經》，不敢怠慢，大概五分鐘後，雖然 Eric 的斷肢還未完全長回來，但已從昏迷中驚醒。他第一時間四處張望，看見眼前的是我，才慢慢安心下來。

「Melt 呢？」Eric 冷靜問道。

　　我向 Jill 看了一眼，吶吶道：「Jill 搞掂咗佢。」

「……」Eric 似乎被滿身沾染血漬的 Jill 嚇了一跳。
「我扶你起身。」我盡量忍著不笑。
「嗯……」Eric 臉色尷尬之極。

　　你有看過電影《死侍》嗎？Eric 現在的情況跟擁有自癒因子的死侍很相似，斷肢還未完全長出來仍然是「嬰兒手腳」的狀態，十分古怪，但又十分滑稽。

File　Home　Insert　Layout　Review　View

Calibri (Body)　11　　B　I　U　abc　ab　A　A　∨　⊠

　　　　我轉頭望向 Barry，問道：「Barry 你行唔行到？」Barry 抱頭蹲在地上，只是在不停發抖，沒有回答。

「Isaac，你可唔可以入嚟幫手。」我實在扶不到兩個人。
「點解我要扶佢？」Isaac 哼了一聲。

　　　　拜託，都這個時候了，還在意氣用事。

「你怕血？」我用激將法。
「係鬼！」Isaac 喉頭鼓了鼓，遲疑了一下才慢慢踏過滿地的血水，架起 Barry 的肩膀把他扶起。

「Cisco！」門外的 Cara 忽然大喊，神色慌張地看著某個方向。

　　　　我扶著 Eric 出去，只見三樓大堂的盡頭飄出了一個巨大黑影，幽魅般不似實體。

「落花滿天蔽月光　借一杯附薦鳳台上～♪」幽怨連綿的歌聲飄了過來，鑽進了我們的耳內。

「大家快啲返去宿舍！」Eric 急得大叫。

　　　　宿舍入口就在前方十多米距離之內，我還未跑出幾步，那道巨大黑影忽地一閃，眨眼之間已落在宿舍入口的前方，擋住了我

們的去路。

　　那是一個超過三米高的人形物體，「她」臉上塗滿了白色粉底，口紅和胭脂都是鮮紅色的，戴著一個誇張的頭飾和穿上了繡花戲服，儼然就是一個「粵劇花旦」。

　　本來攙扶著 Barry 的 Isaac，現在只攙扶著空氣。因為 Barry 的上半截身體被「她」一手揪扯著，高高提起。

　　是的，只有上半身，腰部以下完全沒有，像是被人硬生生扯開兩半似的，肚裡的腸子內臟有些掉了在地上，有些則懸空的吊著。

　　「叩叩─」Barry 手中蠟燭掉落到地上的一瞬間，燭光也跟著熄滅了。

　　「她」隨即鬆開了 Barry 的頭髮，讓他的上半身掉在肉堆上面，再走著粵劇的「撇步」走近我們。我們目瞪口呆地望著這個三米高的龐然大物，甚至忘了要抵抗，雙腳如釘牢在地上。

　　「她」轉眼間就來到我們的面前，腰向後仰出誇張的弧度，大吸了一口氣，然後用人耳無法承受的尖聲咆吼：「噫噫噫噫噫噫噫噫噫噫噫噫噫──」

一道有形聲波以「她」作中心向外振盪轟鳴，震得我全身骨頭咯咯作響，燭光轉眼間減了一半。Eric 似乎更加糟糕，胸口位置血跡斑斑，看來當場就吐血了。

我只覺得像有一座大山矗立在眼前，目光漸漸模糊起來，感覺快要失去意識之際，有兩個身影，一高一矮，忽然出現在眼前。

「細佬，勒緊褲頭。」
「頂！點解呀！？」
「因為，救人要緊。」
「頂！！！」

是面具壯漢和面具小孩。

面具壯漢話音剛落，身上肌肉鼓鼓的膨脹起來，二米多的身高居然漲到跟三米高的「粵劇花旦」一樣，接著雙掌齊出，掌未到勁風已吹得「粵劇花旦」的衣服獵獵作響，「粵劇花旦」立刻也伸出雙掌對上。

二人雙掌間立時產生一股能量漣漪，層層擴散開去，正當四掌膠黏久持不下，「粵劇花旦」十指屈曲，忽然將面具壯漢的雙掌緊緊扣住，然後「她」張開了口，上下顎超大幅度撐開，撐裂了臉頰露出血盆大口，口裡無數光子匯聚形成刺眼光芒，一道光束隨即射向了面具壯漢，面具壯漢偏頭避開了光束，光束所到之

處立即燒穿了個大洞，冒出陣陣白煙。

　　這時候，附近又傳來輕盈的腳步聲，「粵劇花旦」的後方走出了同樣高大的人形物體，他背上扎著幾枝靠旗，頭飾插著兩根像鞭子的長雉尾，卻是一個「粵劇武生」。

　　「他」也張開了血盆大口，光束準備向面具壯漢的方向激射而出，面具小孩踏前了一步，轉頭跟身後的我們說：「哈⋯⋯你哋走先。」

　　就在下一個瞬間，整個三樓籠罩在濃厚的血腥味道之中，我腦海中響起「嘭」的一聲只感到一陣天旋地轉，便失去了神志。

✉

　　不知過了多久，我醒了過來，睜開眼睛。

　　田徑比賽場上的照片和獎狀貼滿整整一面牆，窗邊還晾著一條內褲。

　　這是我的房間，正確點來說，是我暫時佔用的房間。床頭櫃上的蠟燭燒得正烈，我體內充滿了力量，有種源源不絕的生機在血管中流動。

Calibri (Body)　　11　　B　I　U　abc　A　A　ᐯ　✉

Jill 身上的血污經已梳洗乾淨，此刻雙手環胸倚在門邊，Eric 和 Isaac 則坐在床邊，雖然 Eric 的四肢已經完全長回來了，但看起來很沒精打采。

模糊的記憶在我腦海中閃回，是 Cara 拖著我和 Eric 逃離死亡的，但現在她人不知道在哪。

「我瞓咗幾耐？」我移動身子坐起。

「一個鐘左右。」Eric 強笑了一下，雙目中的黯然神色，卻無法掩蓋得住。

「其他人有冇事？」我又問道。

Eric 慢慢低下了頭，似乎被觸動到悲傷情緒說道：「除咗 Barry，大家都冇事。」

Barry 是否真的死了？我原本想這樣問，但現在知道再問已是多餘。

我應該感到傷心，但情緒中樞卻無動於衷，一個人被徒手撕成兩半而死掉，一點真實感都沒有，就像跟朋友在街上玩耍，朋友忽然被天上掉下來的外星人飛船砸死，事後出席朋友的葬禮，淚水仍是掉不出來。

「點解 Melt 會襲擊你哋？」我想不透。

「佢只係喺外面經過，冇意圖攻擊我哋，但 Maggie 話想試下我整嘅驅趕器……」Eric 雙手搗住臉，痛苦地回想：「一切都係我嘅錯，我應該阻止佢。」

「咁都係 Maggie 個八婆衰啫。」Isaac 開口道。
「唔係，我都有相同嘅念頭！」Eric 嘶啞著聲音，淚水從指縫間流了出來。

「……就算係你間接令到 Melt 發狂，但殺死 Barry 嘅唔係 Melt 而係粵劇怪物，所以根本唔關你事。」我道。

「魔鬼一直想保住我哋條命，如果我冇激嬲到 Melt，佢可能會幫手對付粵劇怪物，咁 Barry 就唔會出事……」Eric 這般死心眼的人，面對事情很容易鑽進牛角尖，陷入難以自拔的愧疚當中。

「照你嘅意思，咁我都有錯啦，如果我早啲扶你哋返宿舍，粵劇怪物就唔會襲擊到我哋。」

「Cisco 講得啱呀，而且 Barry 條毒撚留喺世界上都冇用㗎啦，依家死咗咪幾好，做咩要為佢傷心難過。」Isaac 態度輕佻，毫無憐憫之心。

「Isaac！我知道你想安慰 Eric，但你咁樣講會唔會太過分！？」我無法遏抑住心中的憤怒，大聲質問他。

「我有講錯咩？啲死毒撚一出事剩係識得縮埋一邊，完全唔敢反抗，與其一直俾人欺凌恥笑，不如早啲死咗佢，無謂留喺度丟人現眼！」Isaac 吼了回來，完全不覺得自己有錯。

我猛的跳下床想搵他一頓，走廊處忽然傳來一陣爭吵之聲，然後 Cara 便衝進來，聲音急切慌亂地道：「Maggie 跑咗出去！」

「……吓？」我一時反應不過來。
「我話，Maggie 跑咗出去宿舍外面呀！」Cara 焦急地重複一遍。
「佢出去做咩呀？」Isaac 站了起來。

Cara 眉頭一皺，嘆息一聲：「佢話 Barry 一定未死，要帶佢返嚟。」

「搞啲咁嘅嘢呀……」雖然我也不想承認，但 Barry 那個樣子還活得成嗎？

「我睇佢分明想學阿 Jill，特登跑出去要我哋著緊佢。」Isaac 意識到自己説錯話，立刻轉頭跟 Jill 解釋道：「阿 Jill，我唔係話你呀，佢點同你呢嘻嘻嘻——」

「……」Jill 根本沒聽進他所説的半個字。

「咁依家點呀？」Cara 把話題帶了回來。

「冇辦法，唯有出去搵 Maggie 返嚟。」我無奈地道。

「個八婆咁乞人憎就咪鬼理佢啦。」Isaac 打了個呵欠。

「再討厭都比唔上一條人命重要，如果喺外面嗰個係你，我都會
選擇出去救你。」

「咪懶係聖人啦你。」Isaac 對我的説話嗤之以鼻。

「隨得你點講。」我不理會 Isaac 的嘴臉，轉身拽著 Eric 的衣領，
將他整個人提了起來。

「你仲要頹到幾時！？」我憤怒的大吼。

「……」他身體無力軟垂，不敢望向我。

「Eric！你係咪諗住由得 Maggie 一個人喺外面，唔理佢死活，
即使佢俾怪物分屍都冇所謂？」我大喝問道。

　　　　只見他臉色慘白，唇上也毫無血色。

「我哋個個都睇你頭，你講一聲，救，定唔救！」我的口沫都濺
到他臉上，他還是對我不理不睬。在我面前的，彷彿是一個沒有
生命的軀殼。

「我對你好失望。」正當我想鬆開他衣領上的手，Eric 忽然伸手，

攫住了我的手肘。

「Eric⋯⋯?」我睜大眼睛看著他，Eric 慢慢抬起了頭，神情也漸漸起了變化，空洞的神情消失了，取而代之是銳利的眼神。

「⋯⋯我唔會再畀任何一個人出事。」
「咁至係我識嘅 Eric。」

⊠

宿舍出口。

「大家準備好未?」Eric 轉頭問道。
「嗯。」眾人低低回答一聲。

他緩緩推開宿舍大門，只見原本新簇簇的大堂變得一片狼藉，地面像是經歷完地震般，石塊突起得幾乎沒有立足之處，燈光的顏色像舞台射燈一樣偶爾變換，映照得 Eric 的臉一時紅、一時藍。

「嗰啲粵劇怪物呢?」Isaac 緊握著純銀餐刀，那是他從宿舍搜括回來的。

「唔見佢哋⋯⋯係咪已經走晒?」我吞了一口口水。
「我哋依家點?首先去邊度搵 Maggie?」Cara 緊緊跟在後面。

「等我一陣。」Eric 經過咖啡店時，自己一個人進到裡面拿回那部相機和驅趕器。

「Cisco，部相機由你拎住。」他把相機遞了給我。

「你唔畀其他人？」我慢慢接過相機。

「阿 Jill 應該冇需要，Isaac 已經有把純銀餐刀，剩低你同 Cara，我認為你比較適合用。」Eric 慢慢解釋道。

「嗯，Cisco 你拎好佢呀。」Cara 不反對。

「好——」相機還沾著 Eric 的血跡，提醒著我，千萬別出任何差錯。

整層三樓只見崩塌的碎石，連 Barry 的屍首都不知到何處去了，我們直至搜到七樓都不見 Maggie 的蹤影，於是開始懷疑她離開了 AC3 範圍。

「等陣，你哋聽唔聽到飯堂裡面有聲？」Eric 忽然停下了腳步。

「聽唔到喎，裡面有聲咩？」Isaac 遲疑了一下。

「我聽到裡面有腳步聲。」Eric 臉上出現了凝重的神色。

個性衝動的 Isaac 聞言便衝了進去，速度之快，拉也拉不住。我們連忙跟上去，在轉角處正想轉彎之際，Isaac 忽地停下，我差點迎面撞上他，然後眼角便看到附近有道人影閃過。

「踏踏踏踏踏踏踏——」

「邊個喺度！」我拿起了單反相機，凝神戒備著周圍。

「踏踏踏踏踏踏踏——」附近再度響起輕快的腳步聲，餐桌間掠過一個小女孩的身影。

「你老闆！」純銀餐刀從 Isaac 的手中飛射出來，呼嘯一聲劃破空氣插在餐桌上。

　　還不等 Isaac 將匕首拔出，附近又再傳來那道詭異的腳步聲音。

「One little, two little, three little Indians ～♪」

　　小女孩的歌聲幽深飄蕩，所有人手中的燭火都在搖晃。與此同時，玻璃大門被一條巨大的鎖鏈鎖住了。

「嘻嘻嘻嘻嘻嘻嘻嘻嘻……」
「嘻嘻嘻嘻嘻嘻嘻嘻嘻……」
「嘻嘻嘻嘻嘻嘻嘻嘻嘻……」

　　四面八方同時傳來小女孩的聲音，讓人無處可逃。Eric 隨即拿起椅子用力擲向玻璃門，但門前卻有一道透明的屏障，將椅子

彈了回來！

「嘻嘻嘻嘻嘻嘻嘻嘻嘻……」

　　飯堂裡一塊大鏡子猛然碎開，落下的碎片映照出很多張相同的小女孩臉孔。

　　忽然一個小女孩無聲無息地出現在面前，笑意盈盈地看著我們。她穿著粉紅色的洋裝，紮了兩條很長的麻花辮，雙腳踏著一攤水。而她的雙眼，被針線給縫了起來。

「Four little, five little, six little Indians～♪」

　　我想都別想就按下快門，閃光一瞬，小女孩卻「嗖」的一聲沉進水裡，消失在我們的眼前。附近好一會兒都沒有動靜，但我知道她一定匍匐在某個黑暗角落。

「哇！」Isaac 的腳邊突然出現了一灘水，水裡出現一隻小女孩的手，把他的右腳拉進水裡。

「救、救命呀！」Isaac 已被浸沒了半身，我馬上伸手拉他上來，只是小女孩的力道異常地大，即使 Cara 也伸出手拉 Issac 一把，他還在繼續向下沉，眨眼之間已經浸到下巴處。

「你哋快啲拉我上嚟啦！」Isaac 大驚失色。

「我已經用盡全力喇！」Cara 臉都憋紅了。

「救、救……救！」Isaac 的頭已經沉進水裡。

忽然之間，耳邊響起一道急促的《聖經》讀經聲音，拉扯著 Isaac 的巨力隨之消失，原來是 Eric 打開了驅趕器。

「咳咳咳——」Isaac 爬了上來，把嗆進氣管裡的水都咳出來。

「好彩 Eric 你趕得切打開部機，唔係嘅話我同 Cara 都俾隻嘢拉埋落去。」我心有餘悸。

Eric 把驅趕器放在地上，小心觀察著周圍：「只要一直開住驅趕器，佢應該接近唔到我哋。」

「喂，你死得未呀？」我向 Isaac 問道。

「未死得住……」Isaac 擰乾衣服，附近只有 1000bpm+ 快得跟不上的《聖經》朗讀聲音，看似暫時安全。

「Isaac，你個樣有啲唔妥喎。」Eric 微微皺起了眉頭。

「吓……有唔妥咩？」

眼見 Isaac 的嘴唇變成了黑紫色，全身不斷滲出水珠，Eric 伸手碰了他一下，立刻大驚道：「你個身好凍！」

「唔講唔覺，你一講我都 Feel 到凍凍地……」Isaac 的燭火慢慢地減弱下去，Eric 見狀從背包取出了《聖經》，開始朗讀〈瑪竇福音〉。

只是 Isaac 的情況一直沒有好轉，Eric 突然間眉頭一皺，似是發覺了甚麼動靜似的，轉頭向遠處望了一眼。我順著他的視線方向，發現剛才的小女孩站在遠處賣雪糕的地方。

Eric 繼續唸他的聖經，同時對我使了個眼色，我會意舉起相機，一個十字型的閃光便打了過去！但見小女孩不閃不避，任憑閃光打在她身上，連眉頭皺也不皺，依舊詭異地笑著。怎麼可能，難道她不怕十字架嗎？

我猛然醒悟過來，她雙眼被針線縫了起來，閃光對她來說根本無效，加上距離太遠，驅趕器的聲音也傳不過去。

「Seven little, eight little, nine little Indians ～ ♪」

下一個瞬間，餐具擺放處有幾把叉子浮在半空，然後以極快的速度射向我們。

「小心呀！」我大叫了出來。

Cara 等人及時閃躲開去，Eric 隨即喊道：「快啲匿喺水吧

後面！」

接下來就如槍林彈雨一般，數之不盡的叉子飛插在水吧後方的牆上，Isaac 就像中了詛咒一樣，全身一直發冷滲水，眼見他的燭火快要熄滅，外面的彈幕也因為叉子耗盡而停了下來。

「嗖—」Eric 突然就跨到水吧外面想單獨對付小女孩，也未免有些危險。

我探頭出去看，只見小女孩依舊站在那裡，Eric 一步一步走近，就在二人只相隔幾步的距離時，小女孩突然沉進水裡消失不見，然後 Eric 的腳邊便出現一個個水窪，把他圍困著。

突然有一隻小手從其中一個水窪伸了出來，死死抓著 Eric 的足踝，不消一秒就將他拉到水裡去，只留下他的蠟燭掉在地上。

燭光開始搖晃、減弱著！

我第一時間衝了出去，突然聽見水窪傳來「噗」一聲低響，卻是一件物件被拋出水窪，清脆一聲落在邊上。

定睛一看，赫然是 Isaac 那把餐刀！

又過了一會兒，巨大的漣漪在水面上一層層蕩漾開去，Eric

從水裡冒出頭來，再爬出水窪。緊接著，一對男女也從水裡爬了出來。

　　男的年約二十多歲，架著一副無框眼鏡，稜角分明的輪廓，身材修長高大，卻不知道他是誰。女的穿著連帽衛衣及牛仔褲，雙手緊握著蠟燭，那人不是 Maggie 又會是誰？

「對唔住……我唔應該跑出嚟……」Maggie 被嚇壞了，崩潰大哭。

「你冇事就好。」Eric 鬆一口氣，慶幸 Maggie 沒事。

「咳咳咳咳──」那男人咳嗽不止：「多謝你哋救返我，咳咳──」

「你係邊個？點解會喺度？」Eric 疑惑問道。
「我係、係……我唔知道。」那男人茫然惶惑，像是失憶的樣子。

　　Eric 眼中那疑惑之色，愈來愈重：「你記唔記得自己個名？」

　　他搔著腦袋，很用力地想起自己的名字，可是努力了良久，仍是想不出來。

「Eric，返咗宿舍再問佢。」我道。
「啱，我哋離開呢度先。」Eric 點頭同意。

File   Home   Insert   Layout   Review   View

Calibri (Body)   11   B / U abc ᵃᵇ A A ∨ ⊠

2017/10/XX

Who is she?
（她是誰？）

Perhaps I'm just being paranoid...
（或許只是我想多了…）

XXXXXX

　　Eric 從小女孩身上得到一頁日記，湊合手頭上所有日記可以得知 Dr. Li 從懷疑到發現未婚夫外遇的經過，只是想不出與這裡有甚麼關係。

　　我們回到宿舍之後，那男人被五花大綁在椅上，全身都被貼滿了《聖經》，雖然有點可憐，但為了安全起見不得不這樣做。

「快啲講！你係咪魔鬼派過嚟嘅！」Cara 用菜刀架著他的頸項。
「我都唔知你講咩！我普通正常人嚟㗎咋！」他急得全身汗如雨下。

「咁點解你身上冇蠟燭？」Eric 摸著下巴問道。

「咩蠟燭……？我冇蠟燭咁又點？我真係唔知你哋想表達啲咩？」他一臉狀況外。

「豈有此理！仲扮嘢！等我喺你塊臉度劃幾刀！」Cara 恐嚇道。

　　他一聽到 Cara 要劃花他的俊臉，馬上發抖求饒：「我發誓我冇講大話！我剩係記得自己係嚟接未婚妻放工，之後就咩都唔記得……」

「你未婚妻叫咩名？」我條件反射地問道。

　　其他人都有同樣的直覺，屏息以待那個男人的答案。

「我未婚妻係、係……」他皺著眉逼自己努力去回想，「……L-Lilith！」

　　我虎軀一震，果然如此。

「你未婚妻應該就係我哋嘅 Professor。」Cara 慢慢放下擱在他頸項上的菜刀。

　　那男人見 Cara 的態度軟化，堆出滿臉笑容：「哦！咁大家即係熟人啦？放咗我先好冇？」

「你有冇啲咩可以證明你係 Dr. Li 嘅未婚夫？」Eric 仍有點不放心。

「點、點證明呀？我剩係記得 Lilith 左胸對下有粒墨，有一個著衫後唔多覺眼嘅肚腩仔，我平時最鍾意瞓喺上面⋯⋯」

「咳咳──」Cara 大概是聽不下去，弄出兩聲咳嗽打斷：「我哋唔係想聽呢啲，你冇實質證據嘅話就繼續被綁喺度啦。」

「呀！」那男人一聲驚呼，又道：「我銀包裡面有我哋嘅合照！」

　　他以被縛著的姿勢一蹦一跳，讓椅腳發出碰撞地板的聲響，Eric 慢慢走上前，從那男人的後褲袋中掏出錢包來，再從夾層裡抽出一張照片。

　　在照片中，平日知性矜持的 Dr. Li 竟如小貓般被那男人圈在懷內。

「嗱，係咪呢！鬆開我啦好冇？」那男人用眼神苦苦哀求。

「咦，阿 Jill？」Eric 又抽出了一張照片，卻是 Jill 和那男人的合照。

　　背景是香港大會堂，那男人的手搭在 Jill 的腰際，Jill 的頭也輕輕挨到他的肩上，二人動作算不上很親密，但看得出感情很

好。我再次虎軀一震，難道 Jill 就是 Dr. Li 和那男人之間的第三者？

我、Eric 和 Cara 三人面面相覷，然後不由自主地望向 Jill，只見她此刻站在交誼廳靠窗的角落，手中把玩弄著一把鋒利的剪刀。

「阿、阿妹！」那男人失聲地叫了出來。
「……」Jill 瞪了他一眼，手上刀光繼續飛旋閃動。
「阿妹？」那男人的表情充滿了不解。

在眾人注視之下，Jill 慢慢走到那男人面前，手起刀落，一刀剪在他的褲襠。

「咔嚓——！」

我和那男人同時尖叫。

然後，捆著那男人的繩子便斷開了……看清楚後，才發現那刀是剪在繩子上，而不是「那話兒」，真替他捏一把冷汗。

「阿、阿妹……」那男人隔了很久才敢開口。
「你記得 Lilith 就得㗎啦，唔使記得我㗎啦。」Jill 似怨似怒地瞪著那男人。

Calibri (Body)   11   B *I* U abc a̶ A A̲ ⌄ ⌧

「我邊有唔記得你，」那男人手忙腳亂地解釋：「我一直見唔到你唔知你喺度咋，真㗎！」

「哼。」Jill 氣得跺腳轉身就走，那男人對我們尷尬一笑，然後像個跟屁蟲般跟上她，雙雙離開了交誼廳。剩下我們三人，一時之間也不知道該說甚麼才好。

「我仲以為 Jill 係嗰個男人嘅外遇對象……」我捂臉道。

「我啱啱都係咁諗，」Cara 笑容有點僵硬，接著又道：「如果阿 Jill 同嗰個男人都係 Dr. Li 身邊嘅人，咁證明咗困住喺度嘅人全部同 Dr. Li 有關。」

Eric 推了推眼鏡，很認真地思考：「嗯，再加上呢度出現嘅日記，我認為成件事同 Dr. Li 有直接關係。」

「即係話，一切都係 Dr. Li 搞出嚟？」我詫異問道。
「唔排除呢個可能性。」Eric 面色凝重。

我嘆了口氣。Dr. Li 這樣做，背後是出於怎樣的動機和理由？為甚麼要把學生、未婚夫和未婚夫的妹妹都牽扯進來？

「大家都攰喇，不如早啲返房休息。」Eric 摘下眼鏡按壓眉間。
「哈呀，好。」Cara 打了個呵欠。

「我去睇下 Isaac 同 Maggie 好返啲未。」Eric 緩緩坐起，精神不是太好。

我拍拍 Eric 的肩膀，安慰道：「唔好諗咁多嘢，一切都會變好。」

他微笑點頭，沒有再說甚麼便離開了交誼廳。

「唔好諗咁多嘢，一切都會變好。」這句話同時是說給自己聽的。

我沒有回房間，感覺憋在房間裡很容易胡思亂想，不過在交誼廳這裡，我也只是對著四面牆發呆。大概過了半小時吧，Jill 推門進來，打開咖啡豆罐，把咖啡豆倒進研磨機裡磨成粉。

「Hi Jill，沖咖啡飲呀？」我明知自己問的是廢話，但還是問了。

她瞅了我一眼，別開臉沒有理我，繼續將磨好的咖啡粉倒入濾杯，然後將熱水均勻地倒在咖啡粉上方。片刻功夫，整個交誼廳充滿了醇厚的咖啡香。

她沒有把長袖針織外套穿上，梳洗過後，她雙臂仍滿佈著細密的《羅馬禮書》經文，既然沒有被洗掉，那就不是寫上去的，而是……刺青。

File　Home　Insert　Layout　Review　View

Calibri (Body)　11　B　I　U　abc　A　A　∨　✉

　　　　我難以想像她承受了多大的痛苦，到底經歷過甚麼才會有如此深的執念，把經文一字一字刺入皮膚。

「哈啾！」Jill 忽然打了個噴嚏，中斷了我的思緒，「哈啾、哈啾——」

　　　　我不自覺地望向她，剛好觸碰到她偷瞄過來的目光，她嘴角一抿馬上移開了視線，專心傾注熱水。她有甚麼想說嗎？就在我這樣想的時候，她一連打了數個噴嚏。

「哈啾！哈啾！哈啾！哈啾！」噴嚏的聲音太過刻意，我開始懷疑她是故意的。

　　　　她把咖啡倒入保溫杯，丟來一記怒瞪：「你係咪男人嚟！見到女仔冷親都唔理佢！」

「……咁我可以點？唔唔畀件外套你，轉頭你就抌落地下！」我翻白眼沒好氣地道。她一咬牙無言以對，用力扭緊保溫杯的蓋子，氣沖沖離開了交誼廳。

　　　　之前說過，我不太懂得跟她相處；現在我還是不太懂。

筆記本撕頁（持有者不明）

Eric 的日記

　　Cisco 會出現在這裡並不意外，畢竟他也有去找 Dr. Li，而那封電郵正是一切怪事的源頭。但令我在意的，是他身邊那個來歷不明的女子（下稱 Jill）。

　　Jill 是甚麼人？為甚麼也會出現在這裡？最可疑的一點，是只有她一個人不是 Dr. Li 的學生。

　　我肩負起保護大家的責任，決不能因為 Cisco 對她的信任而讓潛在危險混進我們之中，作為大家的領袖，「醜人」的角色也應該由我來做，所以回到宿舍之後，我獨自去了她的房間。

　　我敲了兩下門，過了不久，輕輕的腳步聲由遠及近，然後門被打開。

「……」Jill 板著一張臉，眼神充滿戒心。
「阿 Jill 您好，我有啲嘢想問你，方便嘛？」我以友善的語氣問道。

　　Jill 把臂倚著門框，冷淡地點點頭。看來她不打算請我進去，正好我也想盡快把話都說完。

「我唔轉彎抹角，我想問你係咪有去搵我哋嘅教授 Dr. Li？」
「冇。」

「你有冇收到佢嘅 Email ？」

「冇。」

「咁你識唔識我哋嘅教授 Dr. Li Lilith ？」

「嗯。」

「佢係你嘅……？」

「我哥哥嘅熟人。」

「熟人？」

　　Jill 默然不語。

「請問係咩熟人？」我追問道。

　　她一臉平靜，淡淡問道：「你懷疑緊我？」

　　我吸了口氣，如實地解釋：「我對你一無所知，為咗安全起見我需要確認一下你嘅來歷，如果最後證明到你同 Dr. Li 有關係又因為類似嘅事件而被捲入呢度，我會就懷疑你一事而鄭重道歉，以後亦會將你當係同伴咁看待。」

「你唔使再講，聽朝之前我就會走。」她說完便「彭」的一聲猛力關上門。我站在空無一人的走廊，嘆了口氣，忘記自己之後是

怎麼回到房間。

　　或許 Cisco 會很不滿，但大家將生命託付於我，我便有責任保障大家的安全，相信他亦會理解我的苦衷。

大埔潮州廠商會中學
學生報告用紙

姓名：馮★★　　　　班級：4E

學號：20　　　　　日期：2011 年 9 月 19 日

主旨：違反校規

說明：應於說明欄中詳述經過

今日中午食飯嗰陣，Isaac 邊食飯邊用電話睇日本動畫，我嗌咗佢一聲「死毒撚」，佢頭耷耷冇應我，於是我走埋去拎起佢盒飯，倒咗落佢個頭上面。

檢討：

我應該尊重同學，以後唔會再咁做。

懲處：訓話

負責老師蓋章簽名：　　　　　訓導老師蓋章簽名：

大埔潮州廠商會中學
學生報告用紙

姓名：馮★★   班級：4E

學號：20   日期：2011 年 9 月 21 日

主旨：違反校規

說明：應於說明欄中詳述經過

因為上次嗰件事，Isaac 將自己反鎖喺男廁廁格裡面食飯，我同埋朋友想大便所以叫佢快啲出嚟，但佢一直喺廁格裡面唔肯出嚟。為咗唔影響其他人正常使用廁格，我淋咗桶水落佢個廁格度，最終逼到佢出嚟。

檢討：

我唔應該用咁偏激嘅方法，以後遇到同樣事情會多加注意。

懲處：訓話

負責老師蓋章簽名：   訓導老師蓋章簽名：

大埔潮州廠商會中學
學生報告用紙

姓名：馮★★　　　　班級：4E

學號：20　　　　　　日期：2012 年 1 月 17 日

主旨：違反校規

說明：應於說明欄中詳述經過

噚日放學嗰陣，我主動同 Isaac 講再見，打算大家冰釋前嫌做返好朋友，但係佢冇應我，急急腳走咗去。我上前捉住佢解釋，唔小心將佢推咗落樓梯。

檢討：

同學唔肯原諒我，我唔應該夾硬逼佢。

懲處：訓話

負責老師蓋章簽名：

訓導老師蓋章簽名：

午夜的
教學大樓

ACADEMIC BUILDING AT MIDNIGHT

正在開啟文件 ...

「 第三章《至無的亡歿》.doc 」

　　　　隔天早上醒來，簡單梳洗後便穿上外套走到交誼廳，除了 Cara 外所有人都聚集在那裡，我做了一碗麵給自己，然後坐在桌邊。

　　　　Jill 的哥哥看了我片刻，忽然對著我打招呼：「Cisco，早晨呀。」

　　「John……早晨。」我遲疑了一下。

　　　　為甚麼我會知道 Jill 的哥哥叫做 John？因為昨晚 Jill 離開了交誼廳不久後就換他進來，我們自然而然就聊了開來，他那時候已經記起自己的名字，因此我知道他叫 John。至於我們的對話內容……我覺得不太需要說出來啦，反正大部分都是他的瞎扯。

　　「Eric 呀，你真係要畀 John 留喺度？」Maggie 鼓起腮幫抱怨道。「佢都係因為 Dr. Li 嘅緣故而出現喺度，咁即係我哋嘅同伴。」Eric 靜靜道。

　　「但佢連蠟燭都冇喎。」Maggie 嘟著嘴。
　　「可能跌咗啫哈哈哈哈！」John 哈哈大笑。

　　　　Maggie 滿臉狐疑，盯著 John 來看：「跌咗？咁重要嘅嘢會跌咗？」

Isaac 放下手中正在閱讀的潮流雜誌，湊過來為 John 幫腔：「Maggie，我覺得你對 John 哥有偏見。」

「唔好意思，我對出軌嘅男人一向都冇乜好感。」Maggie 翹起雙腿，同時雙手交胸。

「姐姐仔我真係冇出軌呢，你要我點講先信。」John 無辜嘆氣。「唔緊要喀 John 哥，我信你冇出軌！啲日記肯定係唔知邊條友亂寫！」Isaac 突然大力拍桌。

Maggie 微微睇眼，揚起一個冷笑：「Isaac，幫 John 講說話博阿 Jill 加分呀？」

「冇啲咁嘅事！我純粹企喺道理嗰邊！」Isaac 努力辯護道。

John 立刻搖頭，笑道：「你鍾意我阿妹唔怕認喀，我呢個大佬就好開明嘅。」他忽然話鋒一轉：「不過講明先，我阿妹一出世就已經係萬人迷，追求者眾多唔再講，慕名而來一睹佢芳容嘅人由尖沙咀排到維也納，再喺維也納兜個圈去返尖沙咀！最重要係咩呀，最重要就係有我呢個大佬把關，我話你 OK 你先 OK，我話你唔 OK……啊！」

John 忽然唉唉慘叫，用手揉著被踢痛的小腿：「阿妹你做咩踢我！」

「哈哈——」我笑了笑，夾起一筷麵就往嘴裡送，但突然有些粉末落在頭上，我抬頭望去，發現是來自天花板的牆粉。

剛想把碗移開，但一片小小的混凝土塊掉落在麵上，我怔怔地看著已經不能吃的泡麵，覺得事情有點不對勁。很快，整座宿舍開始搖晃起來，足以讓其他人留意到這裡的異況。

「地、地震呀？」Isaac 聲音驚恐，四肢都在顫抖。
「……」Eric 推了推鼻梁上的眼鏡，抬頭注視著天花。

腳底下的震動不斷加劇，突然一個洗臉盆大小的石塊「*砰*」的一聲巨響砸在桌子上，聲動全場。

「大家快啲匿喺枱……」我話未說完人便往後倒去，親眼目睹一塊巨型落石砸在我原本坐著的位置，四隻桌腳立即齊聲而斷。若不是 Eric 及時把我推開，雙腳恐怕會被壓斷。

「睇嚟呢度好唔安全！」John 緊握著 Jill 的手不放。
「我哋立即出去宿舍外面。」Eric 冷靜道。
「宿舍外面好危險喎！」Maggie 的腳步幾乎站不穩。
「危險得過呢度！」Isaac 的聲音馬上被巨石砸地的聲音蓋過。

我們紛紛跑出宿舍，看著眼前觸手可及的門，忽然之間，我想起了 Cara，想起她還在房間裡面！

我冒著灰塵彌漫折返回去，聽見 Eric 焦急的聲音從後方傳來：
「Cisco 你去邊呀？」

「Cara 仲喺房呀！」我大叫。

落下的石塊愈來愈大，我直接衝進了 Cara 的房間，只見她
才剛下床，仍揉著惺忪的睡眼。

我拉上她的手便走出去，走廊早已毀壞得不成樣子，牆壁有
著無數大大小小的裂縫，哪還有片刻的遲疑？我拉著她往走廊的
盡頭奔去，終於離開了宿舍後卻發現外面大堂也是滿目瘡痍，到
處都是碎石巨塊。

「*轟隆隆隆隆隆——*」整座三號教學大樓都在劇震，幾乎讓人
無法站穩。

「點算好！成幢樓都會冧㗎！」Maggie 被嚇得臉色蒼白。
「咖啡店隔籬道門打開咗！」順著 Isaac 指的方向看去，果然發
現那道門被打開了，直通往室外。

「快啲跑出去！一直向前跑唔好停！」Eric 大喝。

逃到外面之後，我拉著 Cara 拚命向前跑著，不敢回頭哪怕
只是看一眼，一直到了九龍塘商場門口，驚魂未定的我才意識到

大地已經停止了震動。

　　我往後看了一眼，只見整座三號教學大樓都化為烏有，之達路裂開成為一條深不見底的裂縫，將九龍塘商場和學校分割成兩邊。

　　得知已經逃出生天，我不禁呼了一口大氣，又察覺到自己還緊握著 Cara 的手，於是便鬆開了手。

「點、點解無啦啦會咁㗎？」Cara 亂了呼吸，臉頰因為劇烈運動而泛紅。

　　我也想問，為甚麼？

「呢度有好多嘢都解釋唔到。」Eric 喘著氣道。
「哈啾——」清冷的行人道吹來了冰冷的寒風，Cara 抵不住寒冷打了一個噴嚏。

　　九龍塘商場燈火通明，或許適合躲藏。

「不如我哋入去裡面，咁落去會凍死。」我建議道。
「我贊成。」Maggie 冷得直縮頸項。

　　於是我們便從商場的入口進去，經過電影院外，入口燈棚的

銅金色天花及銅金裝牌區非常顯眼。再走幾步便看到溜冰場，一大片冰面仍然冒出絲絲寒氣。

這裡，似乎沒有人在。

走在前頭的 Eric 忽然停下了腳步，轉身對我們說：「大家喺度停低一陣，再入去未必安全。」

「咁你呢？」我問道。
「我去睇下入面係咪安全。」Eric 拿出單反相機，確定沒有損壞後便把相機掛在胸前。

「我陪你。」我又道。
「你留喺度睇住大家。」Eric 拋來一物，我伸手接過後一看，正是那小小的驅趕器。

我點了點頭，也不再多說甚麼。

「Isaac，一齊？」Eric 轉頭問道。
「好呀！」Isaac 一邊揮動餐刀，一邊用眼角餘光偷瞄 Jill。

「Isaac 又喺度博出位。」Maggie 翻了個白眼。
「小心啲呀你哋。」Cara 叮囑道。

Eric 揮了揮手，二人的背影漸漸走遠，最後消失於轉角。敞大的商場一時沒有人說話，靜了下來。

「阿妹，不如我哋入去溜冰。」John 開玩笑道。

「……」光著手臂的 Jill 搓著雙臂，白了 John 一眼。

「你係咪凍？我除件褸畀你著。」John 迅速褪去身上的乾濕大衣。

「唔要。」Jill 厭惡地皺了眉頭。

「但你咁樣會凍親㗎喎，一係我去附近舖頭拎件衫畀你著啦。」John 擔心道。

Jill 別開了臉，抿唇沒有說話。

「我去 H&N 拎件衫畀你著好唔好？」John 試探地問道。

「……」Jill 的嘴唇微張又合上，說話的聲音低得其他人都聽不見。

「嗯……？你可唔可以再講多次？」John 把耳朵湊到 Jill 的嘴邊，聽完之後整個人都呆住了，還難以置信地掏掏耳朵，以為自己聽錯。

「……你真係想要？」John 怔怔追問道，Jill 微微點頭。

「你唔要我件褸？」John 像是失落了甚麼的問，Jill 搖搖頭。

John 深深嘆了口氣，過了一會才拖著腳步向我這邊走來。他空洞的雙眼像是在看著我，但更加像甚麼都沒看：「Cisco？」

「咩事？」我有點詫異。

「可唔可以畀你件褸我？」他淡淡問道。

「你想要我件褸？」我整個愣住。

「係，我想要你件褸。」他了無生氣地重複道。

「你要我件褸做咩？」我錯愕問道。

他面如死灰，慢慢地道：「因為我阿妹唔肯著我件褸，要我過嚟拎你呢件。」

「哦，咁你拎去啦。」我把外套脱了給他。

「多謝。」他拿了外套便低著頭回去。

我本以為她會再次把我的衣服扔在地上以此為樂。偏偏她並沒有這樣做，或許真的冷了吧。

「喂，點解阿 Jill 寧願著你件衫都唔肯著佢阿哥嗰件？」Cara 用手肘碰碰我，壓低聲音問道。

「我點知啫，或者佢阿哥有臭狐呢？」我回答道。

「死仔你當唔當我係兄弟呀，你係咪偷偷地同 Jill 出 Pool 唔話我知？」Cara 用眼神質問著我。

「Cara 兄，就算我睇得上佢，佢都睇唔上我啦下話？」我語氣十分無奈。

「如果佢睇得上你呢？」Cara 有些漫不經心的問道。

「冇可能。」我翻白眼，沒好氣再説下去。

「如果，我話如果。」Cara 緊緊盯著我的雙眼，強調道。

「……邊有咁多如果吖，如果我五年前買咗 Bitcoin，我依家上咗樓啦；如果我知道新嚟嘅 Dr. Wong 係 Killer 嘅話，我晨早 Drop 咗佢嗰科啦；如果我知道 Dr. Li 封 Email……」説到一半，我忽然覺得右臂癢癢的。

「C-Cisco……」Cara 睜大雙眼，彷彿受到極大驚嚇。

「嗯？」我不解。

Cara 嚇得説不出話來，手指顫抖地指著我的右臂。我低頭一看，只見右臂被一筆一劃地被刻上英文生字：「MONICA」我還未來得及眨眼，刀割般的劇痛已逼出了我的眼淚。

「好痛！好痛！好痛呀呀呀呀呀呀呀！」Maggie 痛得鬼吼鬼叫。

Jill 臉上也有痛苦之色，外套的手袖被鮮血染紅了一片，接著連 Cara 的手腕都出現了鮮血斑斑的血痕。

「好痛……」Cara 用手壓著傷口，鮮血從指間湧出來。

「MONICA？係人名？」Cara 忍著痛楚問道。

John 的嘴唇忽地顫抖起來道：「唔、唔通係佢？」

「你哋都係咁？」Eric 和 Isaac 趕了回來，身上都帶著血跡斑痕。

「係……我諗呢度好唔安全。」我喘著粗氣道。

「我哋出返去外……面。」Eric 話說到後邊，聲音卻漸漸低了下去。

此時商場的出入口出現了一道牆，那是一道由「人頭」築成的牆，沒有軀幹、沒有手、沒有腿，只有巨大的頭，樣子像日本的惡鬼「般若」，浮在半空動也不動，只緊緊的盯著我們。

「我哋慢慢咁向後退。」Eric 冷靜地指示著所有人。

我的視線一直沒有從它們身上移開，退到溜冰場的時候，它們忽然發難向我們飄來，Eric 立即連續地按相機快門數次，打了幾個十字型閃光過去，它們的眼珠瞬間爆漿噴濺出鮮血，但無法阻止它們的來勢洶洶。

Isaac 見閃光燈對它們沒有效，便拿著餐刀衝過去。

「唔好呀！」Eric 伸手卻拉不住，眼見 Isaac 一刀刺在惡鬼大頭

的頭上，惡鬼大頭急速膨脹然後原地爆炸，強烈的氣流衝擊頓時讓 Isaac 倒飛回來。

「哇呀……」Isaac 滿身血淋淋地痛苦呻吟著。

Eric 馬上扶起 Isaac，大吼道：「大家向 LOG-OUT 嘅方向走，快！」

除了商場出入口那十多個惡鬼大頭，H&N 的方向也湧來了一批，就連通往下層的電梯也擠滿了它們的蹤影，兵分多路的惡鬼大頭慢慢匯聚在一起，最後形成一團黑壓壓的大軍逼近我們。

「點算！我哋俾佢哋逼緊入 LOG-OUT！」Cara 緊張得透不過氣。

「LOG-OUT 前面有條電梯上上一層！」我話音剛落，幾個惡鬼大頭突然從群體中急衝出來，猛的撞向那條電梯，「轟隆」一聲巨響整條電梯在我們後方坍塌，騰起一朵火紅色蘑菇雲團，連地面也跟著震動。

沒有退路了，前方是密不透風的移動炸彈。難道大家都得死在這裡？突然，所有惡鬼大頭整整齊齊的停在 LOG-OUT 門前，沒有再進逼。

它們遲遲沒有動作的樣子有點可怕……不，應該説它們的樣

子本來就很可怕，總而言之，我們就這樣被困在 LOG-OUT 裡面，既不能殺出重圍，亦不知道能做甚麼。

「Eric……我哋依家點？」Cara 心有餘悸問道。
「醫咗 Isaac 先。」

　　Eric 慢慢把 Isaac 平放到地上，再取出一本染了血的聖經，John 見狀也迅速圍過來幫忙，拿來一個枕頭墊在 Isaac 的頭下方。Isaac 的臉容和身上有多處嚴重燒傷，血肉已經被燒焦得透到骨頭，若是在現實世界的話早就沒救了。

「啊呀……」Isaac 口裡發出意義不明的聲音。

　　Cara 蹲在一旁，鼓勵著 Isaac：「頂住呀，好快冇事！」

「*殘廢康復，瘸子行走，瞎子看見，都大為驚奇，頌揚以色列的天主——*」Eric 一邊唸〈瑪寶福音〉一邊擦冷汗。

「喂，」Jill 忽然一把拉起我的手，淡淡地道：「你跟我過嚟。」

「吓？」我反射動作地抽回手，困惑問道：「去邊？」

　　她沒有理我，又一把拽著我的手往 LOG-OUT 裡面走，我發現掙脫不開，只好亦步亦趨跟在她身後。她又想幹嘛……拿了我

的外套還不夠嗎？

「阿妹，你哋行入去做咩呀？」John 的聲音從門端傳了過來。

「唔關你事，你唔好跟過嚟。」Jill 側目了 John 一眼，害得他不敢再問。

　　我和 Jill 繞入通道，拐了幾個彎後來到 LOG-OUT 最深處的背包販賣區，一排排的貨架如同屏障般，將這裡跟外界完全隔絕，她隨即甩開我的手，緩緩轉身，眼眸裡是慣常的淡漠。

「Jill……？」我搞不懂她在鬧哪一齣戲。

「唔好問。抄低我手臂上面嘅經文。」她遞給我一本從附近拿來的行事曆。

　　我怔了一怔，一時之間沒有反應過來。

「快，已經冇時間。」Jill 脫下外套，一雙刺滿經文的白皙雙臂，在我面前伸了過來。

　　倚靠著經文的力量，Jill 能夠徒手把魔鬼少年 Melt 打成肉醬，可見其力量是何等的可怕，或許這可以用來對付外面那些惡鬼人頭？一想及此，我馬上拿起墨水筆，把她雙臂上面的經文一字不漏地抄寫下來。

時間一分一秒流逝過去。

「抄好未？」Jill 問道。
「嗯，抄好喇。」我揉揉乾澀的眼睛道。
「你跟住讀一次，一隻字都唔可以錯。」Jill 又道。

我應了一聲便照著抄寫下來的內容逐個字唸出來，她閉上了眼睛默默地聽著，一句話都沒有說。

「十字架命令你，不潔的邪靈，我驅逐你。」 我唸過最後一句後，她微微點頭再次張開眼眸，隨即開始解説那些經文。

那是天主教《羅馬禮書》的驅魔經文，使用前要準備的儀式並不困難，也就是用手指劃十字聖號之類，但全部加起來卻很瑣碎又不容易記住，所以她一邊説我一邊認真做筆記，絲毫不敢鬆懈。

「如果儀式做錯咗一步，哪怕只係用錯手指，施行者都會遭到反噬。」

我第一次看見 Jill 的神色如此凝重，吶吶問道：「反噬？」
只見 Jill 眼神一黯，淡淡道：「自己都會同歸於盡。」

「……」我不自覺吞了一口口水。

Jill 忽然長呼了一口氣，胸口不斷起伏，彷彿要作出這輩子最艱難的一次決定。

「嗯？」接下來，我看見意想不到的畫面，雙重意義上的意想不到。

她緩緩轉過身去，伸手拉下後背的長拉鏈，連衣裙滑落到腰際坦露出一個雪白的背部，還有一個巨大的聖傷烙印！

腦海中突然出現「嗡」一聲，有股力量把我的靈魂轟出身體，然後我便一直往後飛，目睹了空間、目睹了時間、目睹了歷史洪流、目睹了悲劇的年代。

「*Si je n'y suis, Dieu m'y veuille mettre, et si j'y suis, Dieu m'y veuille tenir.*（*如果我沒有得到，希望上帝能賜予我；如果我已得到，希望上帝仍賜予我。*）」

目睹了身穿銀色鎧甲的少女被綁在火刑柱上，被火焰映成亮紅的雙眸，微微笑了。

「*Das innerste Wesen der Liebe ist Hingabe.*（*愛的最根本就是奉獻。*）」

目睹了散落一地的瓦斯罐不斷噴出嗆鼻的毒氣，被送進集中

營的猶太裔修女手握著十字架祈禱，生命力慢慢凋零。

目睹了背上「異端」罪名的少女被拖進了城鎮廣場，在民眾面前接受審判，再被亂石活活砸死；目睹了少女跪在斷頭台上，頸項擱在髒污的凹槽，刀片滑下，頭顱落地；目睹了活門被打開，套著絞繩的婦人高速墜落，頸椎折斷，當場斃命；目睹了無數被鮮血浸染的景象；目睹了亡魂的慟哭；目睹了悲慘的命運之輪。

「啊！」我如從夢中驚醒，睜開眼睛，眼前變回 LOG-OUT 的陳設，一切都和原來的一樣。此刻的 Jill 也重新穿好了衣服，我怔怔地望著她，一時間竟說不出話來。

「記住，一隻字都唔可以讀錯。」她說完便將行事曆遞給我，我接過後，努力平服激盪的心情，問道：「我啱啱見到嘅嗰啲係咩嚟？」

「具體係咩嚟你唔需要知道，但你要睇一次先可以用到《羅馬禮書》經文。」Jill 面無表情地道。

「咁你背脊嘅圖案……」巨大的聖傷烙印，如今仍歷歷在目。
「你唔需要知道。」她冷冷地道。
「嗯……」我點了點頭。

Jill 緊蹙著眉，神色有些遲疑：「你咁嘅表情係咩意思？」

我嘆了口氣，慢慢地道：「其實唔介意嘅話，不妨試下講出嚟。」

「講咩？」她問道。

「例如你背脊上面嘅聖傷、雙臂嘅經文、痛恨魔鬼嘅原因……」

「我講出嚟有啲咩用？」她握緊拳頭，雙眼明顯露出了痛苦之色：「我自己都幫唔到自己，我唔覺得你幫到我。」

「或者我幫唔到你解決，但我可以同你分擔呀。」我笑道。

「分擔？」Jill 的眼睛冰冷得像冬天的湖面，看不見任何一絲波瀾：「點樣分擔？」

「你遇到開心嘅事我陪你一齊笑，遇到激氣嘅事我陪你一齊嬲，遇到傷心嘅事我陪你一齊喊，借埋個膊頭畀你都得㗎，仲有紙巾畀你抹眼淚擤鼻涕。」我話畢從褲袋口掏出一包面紙。

「四層設計，濕水依然堅韌過人！」

她忽然不說話了，怔怔地望著我，我心裡隱約地感到有些異樣，但又說不出是甚麼來，轉念想到這樣下去氣氛會變得尷尬，於是便岔開了話題道：「呀哈哈哈，都係講返啲比較迫切嘅問題先，咁我哋依家要點做？係咪用《羅馬禮書》經文對付門口

啪⋯⋯」

「Cisco！阿 Jill！你哋喺邊？」遠處忽然傳來了一聲驚叫，我連忙從貨架後方走出來，嚇然見到惡鬼人頭正整齊魚貫地走進 LOG-OUT，其中數個碰上了擺放於門口的行事曆貨架，一觸即爆，將整個貨架炸得粉碎。

「轟隆——」「轟隆——」「轟隆——」

　　轟鳴持續不止，接著它們如同海浪一般撲向玩具部、護膚品部，頓時火光升騰黑煙撩起，不用幾下功夫，整個玩具部及護膚品部轉眼只剩下數個焦黑的架子。大半個 LOG-OUT 都陷於火海，我們已經無路可退。

　　我們不能死。至少不能死得這麼難看！我不斷拿起東西擲向他們，背包腰包筆電袋通通都扔過去，只是它們的數量實在太多，情況就猶如拿著一枝點三八左輪手槍面對成千上萬隻喪屍，被它們逼到牆角也只是時間問題。

「大家唔好停！繼續攞嘢掟佢哋！」Eric 大吼。

　　被引爆的惡鬼人頭滾出一個個火球，消防警報聲忽然響了起來，自動滅火裝置往外噴水，把整所 LOG-OUT 都籠罩在水霧之中。

「嘶嘶嘶嘶嘶嘶嘶嘶嘶嘶嘶——」

　　所有惡鬼人頭同時被引爆，LOG-OUT 頓成一片火海，濃煙散去之後，只看見一個焦黑的廢墟，空氣充斥著燒焦味及濕氣。我們所有人都被滅火裝置弄得一身濕，但相比起被活活炸死，這實在算不上是甚麼。

「Isaac 你行唔行到？」Eric 扶著他問道。
「當然行到，我傷得好輕咋嘛，一早已經修復晒。」Isaac 輕輕推開了 Eric。

「你唔好成日咁衝動，要跟我判斷行動。」Eric 苦口婆心地勸他。
「Eric 你慳返啖口水好過啦，佢點會聽你勸吖，佢要威要做第一個衝吖嘛，我早就睇穿佢啦。」Maggie 忍不住插嘴。

「我認我係想威呀，但有咩問題？」Isaac 面無表情地道，「唔通做隻鵪鶉先叫好？」

　　John 用手擋著額前的水霧，打斷他們道：「大家可唔可以出去先講？」

「John 講得啱，我哋唔好企喺度淋水喇。」Eric 也道。

　　我們隨即離開了 LOG-OUT，還來不及擰乾衣服，就像一陣

風吹過，原本還很明亮的燈光從遠到近逐漸熄滅，僅餘的光線來自我們手上蠟燭所發出的燭光。

緊接著「嘭」一聲，商場的燈被重新打開，剛才坍塌了的電梯處赫然出現了一堆人，他們穿著整齊西裝坐在椅子上，臉如死灰，拿著管弦樂器呈半圓狀圍著一個女人背影。

那女人手上拿著一根指揮棒，金色大波浪卷髮披垂到盆骨位置，穿著一襲黑色緊身晚禮服，John 身子一顫，彷彿剎那間被抽乾了全身力氣，跌坐在地上。

驀地，指揮棒舞起。

那個女人手落下的一刻，樂團劃一地奏出一個和弦，倏地變為一段悠長低醇的緩慢節奏，然後又奏出一個和弦，總共重複四次，像是大地甦醒前的沉睡。緊接著，女人猛然揚起指揮棒，嘹亮的銅管樂器組相繼加入，進入了以長笛旋律為主的第一主題，磅礴氣勢將整片大地喚醒。

雖然我不諳古典音樂，但因為看過非常多次《交響情人夢》，所以我知道這是貝多芬《A 大調第七交響曲》的第一樂章，她用指揮棒做著各種節奏指示，金色的卷髮隨著指揮棒的揮舞而輕輕擺動，肢體動作優美得如一種藝術表演。

File　　Home　　Insert　　Layout　　Review　　View

Calibri (Body)　　11　　B　I　U　　abc　ab　A　Aˇ　∨　⊠

　　　　最後一段渾厚磅礴的音樂，她以一個果斷的休止結束了交響曲，再示意樂團全體起立，隨即轉身向我們深深鞠躬，然後便把身體站直。她將一頭金髮甩到後面，露出嫵媚美麗的容貌，更有萬種風情，就連眼波裡都是溫柔的笑意。

　　　　這時我才看見她一身黑色晚禮服有多處地方正被火焰燃燒著，到處都有被燒焦燒破的小孔，她看著我們，忽地大聲朝我們喊道：

　　「大家好！It's Monicaaaaaaaaaa!」她的聲音十分柔媚，並且非常刻意的將尾音誇張地拉長，說罷，悠悠地走近我們。

　　「點解你會喺度？」坐在地上的 John 渾身顫抖。
　　「BB，我唔可以喺度咩？」Monica 笑非笑地看著 John。
　　「唔係……」John 低聲回應。

　　「BB？」Eric 疑惑地望著 John，John 急忙澄清：「係佢亂講㗎咋！我同佢冇嘢㗎！」

　　「就係你將啲字刻喺我哋隻手上面！？」Isaac 臉上充滿憤怒之色。

　　「我希望你用更加好嘅語氣同我講嘢。」Monica 頗有幾分不滿。
　　「收皮啦！你剃到我成手都係血，我仲要同你講禮貌？你究竟想

點！？」

　　Monica 沒有再理會 Isaac，反而蹦蹦跳跳的來到 John 面前，向他張開白皙的雙臂：「BB，我好掛住你呀，Give me a hug！」

「……」John 默然不語地站著，沒有伸出手擁抱她。
「BB？」Monica 的頭微微一偏。
「點解你要一直纏住我？我同你講咗好多次我哋之間係冇可能。」John 淡淡道。

「我唔信！你明明話過只愛我一個！」Monica 的語氣有點激動。
「唔係！我心裡面只有 Lilith 一個！」

　　當 John 提起 Lilith 的名字後，Monica 臉上赫然變色，額上青筋暴露：「L-Lilith！就係佢害到我依家咁嘅樣……！」

　　她渾身因為憤怒而抖動，一揮手上的指揮棒，Isaac 突然衝到 Eric 面前，一記重拳直接搠在他的小腹上，Eric 完全反應不及，揞住肚子跪倒在地上。

　　事出太過突然，我只能目瞪口呆地看著這麼荒謬的事情發生，甚至忘了作出反應。

「Isaac 你癲咗呀！？想博出位都唔係咁博下話？」Maggie 朝著 Isaac 大吼。

「我、我個身體自己郁……我都唔想……」Isaac 渾身戰慄，話音剛落，雙手又緊扣成錘，鐵錘般的重擊砸在 Eric 的後背之上，Eric 硬生生受了這一擊，頓時應聲倒地，Maggie 走過去想制止 Isaac，卻被他反手一拳砸在臉上，鼻血一下子噴了出來，向後倒去。

「對、對唔住……」Isaac 哭了出來，繼續用腳猛踩 Eric 的後背，每一下都伴隨著沉悶的聲響，彷彿想置他於死地。

　　我知道是 Monica 在搞鬼，所以立刻打開了手上的驅趕器。

「啊呀呀呀呀呀呀呀呀呀！」Monica 用雙手摀著耳朵，表情十分痛苦，「咔咔」兩聲之後，她全身出現了無數道如瓷器一般的裂紋，延伸至全身各部位，滲出陣陣白光。

「It hurts！！！」裂紋延伸到她臉上，像一個面具被破裂成兩半，讓所有人都嚇呆了。

　　可是下一刻，Monica 身上的白光漸漸暗淡下來，裂紋重新癒合。「Try again——」剛才還在痛苦呻吟的她，瞬間恢復得完好無缺，還露出一個大大的笑容。

Isaac 一臉驚嚇，但還是拿著純銀餐刀往她衝去，大吼：「去死啦妖孽！！！」

Monica 連尖叫聲也來不及發出，陷入瘋狂的 Isaac 已把她由上而下剖成兩半，然後將她的手腕、大腿、手臂和上半頭顱通通斬了下來，將她大卸百塊肢解。

「嚓嚓嚓嚓嚓嚓嚓——」Monica 的碎塊斷肢四處飛散，我只感到胃部翻騰得想吐，Isaac 也殺紅了眼，一臉猙獰恐怖。

不料地上那堆肉塊斷肢似是活了過來一樣，在地上輕微地蠕動，然後開始膨脹，從可辨識出來的身體部位，變大成為一團模模糊糊的肉塊，再變成一團擁有人類外形的巨大肉塊，經過一輪塑形後，最後成了三十多個 Monica。

她們長相完全一模一樣，連衣服都是同一件被火燃燒著的黑色晚禮服。

「哈哈哈哈哈⋯⋯ Bravo！Excellent！」三十多個 Monica 齊聲說道。

Isaac 的臉色蒼白得如白紙，彷彿不相信自己雙眼似的，然後又衝上前把其中一個 Monica 攔腰斬成兩截，那兩截半身經過膨脹後又各自成了兩個完好無缺的 Monica。

「喂喂喂……你仲未夠呀？」所有 Monica 同步地道。

　　Isaac 被嚇得魂魄都飛走了，正想後退之時，十多個 Monica 突然圍上前將他按在地上亂揍。雖說 Monica 的體質只屬平常女子水平，可現在有多達十多個 Monica 一同攻擊，Isaac 馬上就被打至身體蜷曲，更吐出一口鮮血：「救、救命……」

　　我才剛邁出一步想替他解圍，其餘二十多個 Monica 便朝我們跑來，Jill 毫不遲疑一拳擊出，挾著經文的力量把來襲的 Monica 砸飛出去，隨後卻被七、八個一湧而上的 Monica 撲倒在地上。她們趁機對 Jill 拳打腳踢，我憤怒得衝上前端開其中一個 Monica，但背後卻遭到其他 Monica 重擊，「噗通」一聲便倒在地上。

　　「妹——！」John 的淒厲叫聲馬上掩沒在暴怒的人群中，我咬著牙爬到 Jill 身旁，用身體替她承受著 Monica 們的痛毆。

　　「你喺度……做咩……」Jill 蒼白的唇邊不斷溢出鮮血。
　　「哈、哈……」我忍著劇痛，大口喘息。
　　「嗯——」

　　我後腦忽然被重擊，劇烈的震盪使雙眼出現短暫性散光，Jill 的容貌也變得模糊起來。然後，Jill 雙手抓著我的肩膀，將我整個人翻轉按在地上。我睜大雙眼看她，無論如何也想不到，一向冷

冷漠漠的 Jill 竟然會用自己身體保護我。

Monica 們的拳頭立即如雨點般打在她身上，她「哇」一聲噴出一大口鮮血，臉上血色盡失，吊墜中的火焰只剩下微弱光芒。

「你頭先見到嗰啲⋯⋯係同我背負相同命運嘅人⋯⋯嘅影像⋯⋯所以我都⋯⋯應該⋯⋯」

「唔好再講呀！」我重新把她按在地上，並用手壓著她的手臂，好讓她不能再把我翻轉過來。

「狗男女！等我踩死你哋！」
「我同 John 唔可以喺埋一齊，你哋都唔可以好過！」
「你哋咁鍾意去死我一於成全你哋！」

無數拳打腳踢落在我的後背，我頓感脊椎都要斷了，強忍著胸口翻湧的氣血，對著她露出一絲苦笑。Jill 不斷搖頭，軟弱無力地掙扎著。我這副軀體，又餘下多少時間？

接下來，就是單純的斷氣吧。

「聖母⋯⋯請為我們祈禱⋯⋯」
「所、所有的聖靈⋯⋯請為我們祈禱⋯⋯」
「以此被賜福的十字架⋯⋯」

「天父在命令你……聖子在、在命令你……」
「十字架命令你……不、不潔的邪靈，我、我驅逐你……」

聲音已經微弱得聽不見最後一句，但彷彿聽見她的呼喚，莊嚴神聖的旋律突然在整個空間中迴盪，恍如有萬千天使在耳邊齊聲和唱。

緊接著，所有 Monica 的腳下都出現一個白色光暈，刺眼得讓人無法直視，她們同時一怔並低頭望向腳下，心知情況不妙立即跨步想邁出光暈，但光暈卻如影隨形地跟著，怎麼甩也甩不掉。

「呢啲係咩嚟！？ WHAT HAVE YOU DONE ？」

猶如天使般的人形發光體在一個個光暈中浮了上來，像有千絲萬縷的無形之絲將 Monica 生生纏繞著，然後把她拖進光暈裡。

「唔好！唔好拉我落去！」
「John！救我！John！」
「John 我好驚呀！」

肅穆神聖的聲音在空氣中迴盪，只見 Monica 們慢慢沉到光暈裡面，直至她們整個人都消失在光暈之中，聲音才平息下去。

光暈和莊嚴的奏樂也隨即消失，寂靜再一次降臨。Jill 看著

我，凝視著我許久，嘴角邊露出了那一絲，帶著淡淡鮮血的微笑。

「我都唔知自己點解會咁做……」

她抬起手撫摸我的臉，輕輕在我的唇上印了一吻，空氣瞬間像凝固了似的，時間裡一定有片刻因為我的茫然而靜止。過了很久，她溫軟的唇瓣才慢慢地離開我嘴唇。

「如果你敢忘記我嘅話，我做鬼都唔會放過你。」

Jill 說完後，她的下方也出現了一個白色光暈，沐浴在神聖白光的天使人形物體浮了上來，將她緊緊纏著。接下來所看見的，讓我整個心臟都揪著不動。

Jill 慢慢往光暈沉去，慢慢地，下半身已被吞沒。

「做咩要帶走 Jill？！！你係咪搞錯咗呀？！！」我本來握在她手臂上的手漸漸滑到她的手腕，再滑到她的手指，最後，終於鬆掉了她的手。

聖音驟止，地上的光暈消失，Jill 就這樣被帶走了。

「唔會㗎……冇可能㗎……Jill 冇可能會被帶走㗎……」我用力抓撓著地板，彷彿 Jill 就被埋在地板之下，一直抓一直抓，直到指

甲斷裂，絲絲鮮血從指甲縫間流出。

「Cisco！你冷靜啲⋯⋯！Cisco！」這無聲的吶喊是我腦海最後閃過的念頭，然後，我便失去了意識。

✉

「唔嗯，啲咖啡咁香，一聞就知道係我阿妹沖嘅。」

「知唔知啲杯放喺邊？⋯⋯左手邊第二格櫃桶，搵到喇唔該。」

「你個樣睇落好苦惱咁喎，發生咩事？介唔介意講嚟聽下？」

「同我阿妹有關？咁你一定要講畀我知喇。」

「⋯⋯原來係咁，我代佢同你講聲唔好意思，哈哈。」

「唔好見怪，我阿妹只係唔太識得同人相處，但佢肯同你講嘢至少代表佢唔討厭你。」

「點解咁憎魔鬼⋯⋯咁係因為我哋嘅父母係俾魔鬼害死。」

「唔使講對唔住喎，你依家明白點解阿妹嘅警戒心會咁強烈，為咗保護自己佢冇辦法唔披上荊棘，但講到尾，佢只係個渴望被呵

護嘅普通女仔。」

「你問我做咩望住你？哈哈，望下都唔得？係呢，講咁耐都唔知道你叫咩名。」

「Cisco？我叫 John，我返房先啦，再唔返去 Jill 就會詐型。」

「有機會，我哋再傾過。」

【Cara 視角】

　　Jill 消失在白色光暈後，Cisco 整個人陷進了瘋狂，我們想合力制止，卻怎麼都制止不了他，最後只好把他敲昏。

　　醒來後的 Cisco，樣子似乎比昏迷之前還要糟糕，臉上沒有任何一絲表情，雙眼雖然睜著卻空洞得沒有焦距，整個人像是失去了靈魂般。他一直坐在 Jill 消失的地方，寸步不離，我知道他是想等她回來，那是他心裡最後一絲希望，但我不放心他一個人坐在那兒，所以一直陪伴在側，沒有說話，只是安靜地陪著他。

「你過去 Eric 佢哋嗰度啦⋯⋯唔好理我。」他開口的第一句話。

「噴！我先唔得閒理你，我只係喺度等阿 Jill 返嚟。」

第三章 至無的亡歿 .doc

File　Home　Insert　Layout　Review　View

Calibri (Body)　11　B　*I*　U　abc　_　A　A　∨　✉

「⋯⋯」他默不作聲，又把臉埋進雙膝之間。

　　我痛恨自己，恨自己在他面前總是用這個說話方式，也不能坦率一點，明明就擔心得很，嘴巴卻硬得很。

「你做咩啫？」我看了過去。

　　他帶著愧疚的負罪感，低低地道：「Jill 係因為我而消失。」

「你唔好睇到自己咁高啦，佢消失應該係因為 Monica 拉埋佢落去⋯⋯啫。」話是這麼說沒錯，但其實當時情況很混亂，我也看不清楚 Jill 是怎樣消失的。

「唔係⋯⋯佢係俾經文反噬⋯⋯因為佢心急想救我⋯⋯所以略過咗大部分步驟同埋儀式⋯⋯一切都係因為我⋯⋯」

「咁你唔使自責到咁嘅樣吖，又唔係你嘅錯。」
「我應該早啲知道⋯⋯然後阻止佢讀落去⋯⋯！」話說到後頭他的聲音都已經帶著哭腔，我頓時慌張起來，不知道該怎麼辦。

「你、你唔好咁啦！男人老狗喊咩呀！」他埋下了頭，只有肩頭聳動著，「⋯⋯」。

「嘩——嘩！你諗下，你都咁大個人啦，一陣 Jill 返嚟見到你喺

Page 162

度喊佢會點諗呀？」

「⋯⋯」

「佢可能會心諗，哎吔 Cisco 真係醜死怪喇，早知就唔救佢啦。」

「⋯⋯」

　　唉，説多錯多，我還是閉嘴比較好。過了很久，他才把哭聲吞了回去，抬起頭道：「你講得啱，實在太醜怪。」

「其實又唔係真係好醜怪嘅⋯⋯」我只是不想他難過，才説出那樣的話。

「⋯⋯」他沉默不語。

「做咩又唔講嘢？」我瞄了他一眼。他哭後的眼圈微紅，嘆了口氣説：「我冇咩嘢想講。」

「講下我同你之間嘅孽緣吖。」我靜靜道。

「識咗你都三年啦。」他苦笑了一下。

「係兩年零十個月。」我糾正道。

　　二零一五年一月十三日，坐在鄰座的他問我借手機充電線，從此便與他結下孽緣。

「係咩？差唔多啦。」他淡淡道。

「你都冇心記住。」我忍不住哼了一聲。

「我貪方便先講做三年咋嘛，其他嘢我記得好清楚。」他斜斜看來，用眼神窺探著我。

「我幾月幾號生日？」我漫不經地問道。他微一沉吟，接著説道：「四月十二日。」

「……」我報以微笑，沒有説話。我的生日，是四月十六日。

「話咗我記得好清楚㗎啦，咁你又記唔記得我生日？」他問道。

「七月二十九日。」我想也不用想便回答。

「原來你都記得我生日。」他微感訝異。

「咁啱你同我最鍾意嘅 Rapper 同一日生日咋。」

事實上，只要是關於他的，不管是怎樣的瑣事，我通通都記得一清二楚。我喜歡他嗎？嗯，我已經喜歡他很久了。

每當我最無助、最需要依靠的時候，他總是帶著笑容出現，趕走我的壞情緒，但不要誤會，他可不是那種細膩的人，他只是習慣無時無刻都對身邊所有人很好，不管對誰都很溫柔。我生病時他會翹課陪我去看「十三醫」，我被教授責罵時他會替我解圍，我失落時他會跟我一起喝酒至通宵達旦，但只要別人有事情找他，他便會一溜煙地離開。

久而久之，我開始不滿足只是「其中一員」，我希望能成為

他心目中「特別的存在」，萌生這個想法後，就一發不可收拾。

「Cara。」他忽然坐起身來，吃驚地看著我後方的位置。
「做咩？」我轉頭看去，遠遠看見商場中庭位置有個熟悉的背影、白色裙子、一頭長至盆骨的黑髮位置，那人不正是 Jill 嗎？

　　下一刻，那個身影走到轉角處後便消失不見。

「Jill！唔好走呀！」Cisco 早就跑了過去，我見狀立即跟上。

　　Jill 正沿著電梯往下走，剎那間便消失在我們視野之中，正當 Cisco 氣急敗壞之際，Jill 的身影又重新出現在 Pineapple Store 那層，慢慢走了進去。

　　我心裡有種怪怪的感覺，總覺得這人並不是 Jill，但由於 Cisco 失去理智般一直跟隨她，所以我也只好跟著他的腳步，來到 Pineapple Store 之後，卻發現內裡一個人都沒有。彷彿像是預先安排好的劇本，淺色長木桌上的電子產品開始在閃爍，就像訊號遭到干擾一般，畫面同時間變成了「粵劇花旦」的詭異笑容。

　　我可以清晰地感受到全身每一條汗毛都直立挺起，Cisco 也不禁為之一窒。

「點、點解佢仲未死…？」他臉上霍然變色。

「……」我咽了咽唾沫。

「Jill 呢？」他左顧右盼。

「Cisco……我覺得喺喧嘓個應該唔係 Jill 㗎……」

　　手上的蠟燭燭火忽然晃動了一下，空氣中飄蕩著一股令人窒息的氣氛。Cisco 沒有聽進我的說話，睜著眼睛警戒周圍，「我哋出去先。」

　　離開 Pineapple Store 後他繼續尋找 Jill 的蹤影，途經幾間時裝店，最後來到了無良印品門前。

「Jill！你去咗邊呀？」他大聲叫喊著。

　　就在這個時候，無良印品傳出一聲貨物被掃倒在地的聲響，Cisco 怔了一下，然後走進了無良印品。

「Cisco，裡面會唔會有危險？」我緊拽著他的衣角問道。

「可能 Jill 喺裡面。」他只關心著 Jill，甚麼危險都不顧了。

「最好係咁啦，嗯——！」

　　Cisco 忽然摀住我的嘴巴，將我拉到貨架後面躲藏著，我慢慢地從貨架後探頭看過去，只見一個穿著海軍水手服的男性蠟像正在收銀處前方，以滑動方式來回移動著。

「小娟死了、小娟死了……」他一直低語著。

Cisco 轉頭望向我，壓低聲音問道：「你聽唔聽到？」

「聽到，邊個係小娟呀？」我用口形無聲問道。
「小娟係一個女人蠟像，之前我同 Jill 幫過佢哋……」
「誰？！！」

男性蠟像聽到 Cisco 的聲音，立刻原地旋轉朝向我們，大驚之下我們後退了一步，他隨即以極速衝過來，把我們前方的貨架整個撞散，東西散落一地。

「你們快把小娟還給我！！」他重新朝向我們然後又是一個疾衝，我和 Cisco 立即向一旁閃避開去，他撞上了後方的貨架，發出一聲巨響。

Cisco 顯得有點無奈，只好打開驅趕器，《聖經》的急速播放聲音登時迴蕩開去，以我們作中心形成一道穹形的氣牆，但男性蠟像並沒有因而罷休，反而像發了瘋似的不斷撞上氣牆，連驅趕器都不停地震動，然而蠟製的身體根本抵擋不了這樣的衝撞，先是胸口，接著是左手、右腳，他身體各個部位一個接一個的撞碎，最後變成了一堆碎塊。

過了一會，Cisco 確定那堆碎塊不會再動，便關掉驅趕器，

蹲下來問他：「邊個殺咗小娟？」

「……她。」

　　同一時間，身後傳來了「咿咿呀呀」的粵曲歌聲，聲音陰厲幽怨，讓人心寒得如墮冰窟。

「落花滿天蔽月光　借一杯附薦鳳台上～♪」

　　只見一個身高三米的龐然巨物就站在我們面前的不遠處，她穿著繡花戲服，隱約看見戲服上面染上了一大片鮮血，卻跟紅色的衣服融為一體，她整條右臂都斷掉了，空空的衣袖正晃動著，而僅存的左手，則拿著兩個面具。

　　兩個超人面具。原來不只是 Barry，就連那對魔鬼兄弟也被她殺掉了。我害怕得全身僵硬，不敢出聲。

「帝女花帶淚上香　願喪生回謝爹娘～♪」

　　Cisco 轉身拉著我逃跑，空中突然有一道紅影從天而降，「*轟*」一聲落在我們面前並砸出一個巨坑，阻擋著我們的去路。Cisco 馬上打開驅趕器，生出一道穹形的氣牆把她擊飛彈開，還未來得及鬆一口氣，她卻像發了狂似的揮拳打向氣牆，經過幾下猛烈攻擊，Cisco 手上的驅趕器「*咔*」一聲出現了一道裂紋。

「點、點算好？」我已經害怕得說話結巴。

「……」Cisco 長呼了一口氣，忽地彷彿下了甚麼決心似的，從口袋拿出了一本行事曆。

我還不知道他想幹麼的時候，他突然雙膝跪在地上，右手拇指、食指與中指夾在一點，順序輕點額頭、胸口、左肩、右肩，劃了個十字。

「因父、及子、及聖靈之名，阿們。」
「天主，求你垂憐。」
「天主之母聖瑪利亞，請為我們祈禱。」

他口中念念有詞，額角冷汗不斷，我記得他說過「步驟」不能錯任何一步，否則下場便會跟 Jill 一樣，所以我不敢打擾他，但粵劇花旦繼續揮拳錘擊著氣牆，驅趕器已經出現了好幾道裂痕，伴隨著一聲轟鳴，牢不可破的氣牆竟被她砸出一個小小的缺口來。

她把手掌伸進缺口內，抓著氣牆往一邊撕開，在一陣猛獸般的咆哮聲中，這小缺口正慢慢地變大。Cisco 繼續專心誦讀經文，毫不理會她的咆哮聲以及撕開氣牆時的嘶嘶聲。

忽然之間，他站了起來，左手拿著行事曆，右手攤開掌心朝著粵劇花旦，粵劇花旦像是發現了甚麼似的，突然停止揮拳，瞬間張開了血盆大口，兩邊臉頰也被撐裂，口中無數熾熱光點匯聚，

準備向我們射出光束。

「以此被賜福的十字架，天父在命令你，聖子在命令你——」

　　粵劇花旦雙眼之下充斥著血紅之氣，口中的白光愈發明亮使人不能目視，猶如天上烈日落入這個商場般光華四射。

「十字架命令你！不潔的邪靈！我驅逐你！」
「啾——」光束暴射而出。

　　我不敢再望向光束那邊，而是輕輕轉頭往 Cisco 方向看去，恰好迎上他的目光。

「！」

　　耳邊響起了神聖的旋律，粵劇花旦一分神便射偏了，光束僅僅從我的臉側擦過，留下了一道火熱的痕跡，她隨即被白色光暈冒出來的天使人形物體緊緊纏住，她拚命掙扎，發出的憤怒咆哮聲音震耳欲聾，我目睹著她慢慢被扯進光暈裡面，直到一半身體已經沉浸進去，她卻突然放棄掙扎，反而咧開血盆大口大笑起來，像是看見平生最可笑的事情一樣，不可抑止的狂笑著。

「哈哈哈哈哈哈哈哈哈哈哈哈哈哈——」那笑聲隨著她整個人被扯進光暈裡面而消失，四周霎時回歸一片平靜，就像沒有事情

發生過一般，她消失的位置，則出現了一張日記。

2017/11/XX

This night I killed John.
（這一天晚上，我殺了 John。）

No one can steal him from me ever after.
（為的是不再讓別人搶走他。）

By the by,
（順帶一提，）

I killed that woman too though it wasn't my intention.
（那個女人也被我殺了，雖然本來沒想要殺她。）

XXXXXX

原來 John 已經死了，難怪他沒有蠟燭！

「John 會唔會一早知道自己死咗，接近我哋係另有目的？」我大為震驚，Cisco 卻對日記內容不以為意，雙眼只擔憂地看著我的臉，吶吶道：「Cara 你塊臉……」

我伸手摸摸臉頰，頓時傳來炙熱的疼痛感，「哦，應該係啱啱俾佢射出嚟嘅光燒傷。」

「我本《聖經》喺宿舍冇帶到出嚟，我哋去搵 Eric 叫佢幫你治療。」他帶點緊張地道。

「唔使咁煩啦，好小事咋嘛，相比起呢件事，原來 John 佢……」
「唔得，」他斬釘截鐵地道：「我哋要即刻返去。」

被他那關切的雙眸一瞪，我的心臟不由自主地加快，「唉，得啦得啦，仲煩過我阿媽。」我倉惶繞過他便走，就像逃難一樣，害怕被他看穿。

Eric 他們一行人在最高層角落處的 Zarah Home 裡面休息著，在門口放哨的 Maggie 看見我們回來，主動開口問我：「Cara 你塊臉搞咩嘢？」

「我塊臉俾粵劇花旦整傷咗，不過佢已經俾 Cisco 用經文消滅咗。」我嘆口氣道。

「吓！咁大件事！乜佢原來未死㗎？」Maggie 大吃一驚。

「唔好講呢啲住，Eric 喺邊？我想問佢借聖經。」Cisco 淡淡地道。

「哦，你搵 Eric 呀……」Maggie 的目光飄向裡面看了一眼，我順著她的方向看去，只見 Eric 面無表情地捶著牆，一拳又一拳，牆上都出現了一大灘梅花狀的血跡。

「係我無能……阿 Jill 消失係我嘅責任……」Eric 一邊捶牆一邊喃喃自語。

「你停啦好嘛？」John 坐在地上，雙手不斷撓著頭髮。

　　Eric 重複著機械式的捶牆動作，血濺了些在他臉上，「係我冇意識到 Monica 係敵人……」

「我叫你停呀！！！」John 上前扇了 Eric 一個耳光，「啪」一聲的脆響後 Eric 無力倒在地上，像是失去靈魂的木偶一般。

「喂你做咩打 Eric！」Isaac 用力推撞了 John 一下，讓 John 整個身子向後跌去。

「追究責任有咩用？追究完我阿妹就會返嚟？」John 猛的一拳搥在一旁的地上，欲哭無淚。

真不曉得這個 John 是不是在演戲，如果是演戲的話，那我就不得不承認他的演技精湛。

「喂，John。」我淡淡喚了一聲。

他看了我一眼，又看了 Cisco 一眼，臉色漸漸黯淡下來，「做咩？」

「我有啲嘢要問你。」

「哦。」John 默然片刻，抬頭望來：「你有咩想問？」

「你知唔知道自己已經死咗？」我一字一字地問道。

John 和其他人俱是一怔，其他人當然是不解為甚麼我會冒出這麼莫名其妙的提問，但 John 的身子很明顯僵住了，眼睛也不眨地直盯著我。

他凝視了我很久，臉上仍掛著當初的驚愕表情，「我、我死咗？」

「係，你已經死咗。」我淡淡道。

他像是生平第一次聽說如此荒謬之事，笑著搖頭：「邊有可

能？我依家咪生勾勾喺你面前，點會死咗？」

「你自己睇下。」我把那張日記揉成一團，往他扔去。

　　所有人的目光，此刻都聚集在 John 身上。他看完那皺巴巴的日記後，一臉不可置信，「冇、冇可能！」

「你仲喺度扮嘢？Dr. Li 嘅日記寫得清清楚楚係佢殺咗你，而且一開始我哋所有人隻手臂都出現『Monica』嘅血字，偏偏得你一個人冇。」場中無形的壓力，隨著我的質問變得高漲，「你根本就唔係阿 Jill 嘅哥哥！你係魔鬼嗰邊派過嚟嘅！」

「呀呀呀呀呀呀──！」突然之間，他雙手抱頭，跪了在地上，發出淒厲而憤怒的吼叫聲，聽起來卻像是野獸吼叫。

「喂！你做咩呀？」Isaac 大聲喝道。

　　幾乎是在同一時間，現場颳起一陣驚人大風，吹得我整個人都飛了起來，在半空中亂轉，其後撞上玻璃櫥窗，痛得昏迷了好幾秒。

「頂你……發生咩事……」Isaac 痛苦的聲音傳來。

　　醒來的時候，四周一片狼藉，其他人陸續跟蹌跟蹌地站起，唯獨

不見 Maggie 的蹤影。

「Maggie……呢？」我忍住傷口劇痛問道。

「有個紅色人影帶走咗佢……帶咗去中庭位置……」Cisco 露出驚愕的神色。

商場中庭巍峨聳立著一棵二十米高的巨型聖誕樹，我們趕過去後，只見一個三米高的巨人站在聖誕樹的樹頂，外貌是一個紅白臉，掛上一絡長鬚、背上扎著幾枝靠旗、頭插著兩根長雉尾，目光之中發出無盡兇光，如高傲的神祇般俯視著我們。

我這才想起 Barry 被殺當日總共出現過兩隻粵劇怪物，除了粵劇花旦，還有一隻粵劇武生。他單手舉高了 Maggie，將她懸在二十米高空，稍一鬆手她便會跌個粉身碎骨。

「救命呀！快啲救我呀！好高呀救命呀！」Maggie 驚慌尖叫。

「可題意都自教類成如要者！！」他臉上充滿兇悍之色，怒吼著意義不明的內容。

眼下形勢奇詭，Maggie 亦身陷危險之中，Cisco 不想刺激到他，於是戰戰兢兢地道：「呢位大哥……稍安無燥……有事慢慢講……」

「留做灣，前蘭灣——他好英望歌？？」他大聲怒道。

我們一行人噤若寒蟬，面面相覷，根本聽不明白，也不知道該怎樣回答。

「佢究竟想點……？」Isaac 低聲問道。
「我點知道……」

我話音剛落，又傳來粵劇武生的聲音：「長、平、公、主、喺、邊？！！」這下子終於明白他在說甚麼，可是我的心卻瞬間涼了一大截。

稍微想想也知道那個粵劇花旦正是粵劇武生要找的「長平公主」，但她已經被 Cisco 收拾了，難道要把屍體找回來給他嗎？粵劇武生見我們沒有理會他，剎那怒氣大盛，兩隻巨手把 Maggie 舉了起來，打算像折斷甘蔗那樣用膝蓋折斷她的脊椎骨。

糟糕。她會被殺的。

就在這個危急關頭，Eric 終於從落魄中回過神來，及時按下相機快門將十字架閃光打了過去，粵劇武生當場被擊飛到半空中再掉到地面上，換來一聲巨物落地的聲響。

「砰一！」

Maggie 也隨即順著巨型聖誕樹滾到地面，我們立即衝下電梯

趕到大堂地下層，只見她倒在聖誕樹前一動不動，燭火仍完好無缺，看來只是昏厥過去而已。

正想鬆一口氣時，粵劇武生便從聖誕樹後方走了出來，緩慢地向我們逼近。Cisco 立刻打開了驅趕器，一道穹形的氣牆在我們附近形成，Eric 則連按快門，每一下閃光都使粵劇武生往後滑出幾米，使他始終不能靠近我們。

「咔嚓──！」
「噓噓噓噓噓──」

粵劇武生被擊至往後滑去，發出鞋底跟地面磨擦的聲音。

Cisco 忽地雙膝跪在地上，先用手指劃了個十字，再開始唸著經文：

「以此被賜福的十字架，天父在命令你，聖子在命令你──」

他的右手掌心朝向粵劇武生，左手拿著行事曆，大聲地唸著。

「咔嚓──！」

「噓噓噓噓噓──」粵劇武生滑到後方，Cisco 將剩下的最後一句唸了出來：**「十字架命令你！不潔的邪靈！我驅逐你！」**

　　熟悉的神聖旋律響起，粵劇武生腳下出現一個巨型光暈，從中冒出一個巨型天使人形，雙臂緊緊把他困鎖著，再慢慢地將他扯進光暈裡面，突然之間，粵劇武生的頭頂猛地裂開了一道缺口，有條紅色的東西伸了出來，看清楚後赫然發現是人的手臂！

　　一個血紅色的巨人從粵劇武生的身軀中鑽了出來，而那層粵劇武生的外殼則被天使人形拖進了光暈，隨即消失不見，神聖旋律驟止。那個鑽出來的紅色巨人曳著一根細長的兩岔尾、面目猙獰、額頭長著兩隻小角、渾身肌肉暴漲，跟圖書上所描繪的煉獄惡魔一模一樣。

　　所有人都嚇呆了。

「嚙——」Isaac 被嚇得掉落了手中的銀器。
「嘎——嘎——」露出真身的煉獄惡魔，壯碩的胸膛隨著呼吸大幅起伏，呼出一口口灼熱的氣息，看著我們的眼神就如看到獵物一樣。

「咔嚓——！」、「咔嚓——！」、「咔嚓——！」突然，數下清脆的快門聲在這個蕭殺的空間裡響起，伴隨著 Eric 的大聲吆喝：「Cisco！唔好發白夢，再嚟多次！」

　　我看見有幾道十字型閃光朝煉獄惡魔打了過去，不同的是，他已經不會再被擊退，雙腳像釘子般釘在原地。Cisco 回過神來，

File Home Insert Layout Review View

Calibri (Body)   11   B *I* U abc ✎ A A̲ ∨ ⊠

立刻再唸一次經文：

「因父、及子、及聖靈之名，阿們。」
「天主的諸位聖人聖女，望主垂憐，求主拯救我們。」

　　快門聲音不絕於耳，Cisco 一邊快速翻頁，口裡一邊念念有詞，很快便唸完了整段經文。

「不潔的邪靈我驅逐你！！！」

　　煉獄惡魔腳下浮出一個巨型光暈，巨型天使人形升起，緊緊將他纏住，然後將他拉進光暈裡面，但那情形再次出現，他的頭頂又裂開了一道小口，一個紅色的巨人從身軀中鑽了出來，原本的外皮則被天使人形拖進光暈。

　　一股入髓的冷意從尾骨裡升起，順著脊樑骨往上爬。怎、怎麼可能？這個新的紅色巨人外形跟剛才沒有大分別，只是手臂粗了一圈，全身肌肉塊都爆出了恐怖紅筋。

　　一道十字閃光又打了過去，煉獄惡魔眼中兇光閃動，任憑閃光打在身上，步伐不徐不疾地向我們走來。

「典、點算、酸好……？」Isaac 已經害怕得語無倫次。
「黐、黐線……」Cisco 也是六神無主。

　　下一秒，煉獄惡魔走到氣牆前方，「*轟*」的一聲拳頭直穿氣牆，在氣牆留下一個大窟窿。眼見最後的防線被他攻破，只有Eric在極度驚駭之下大喊：「快啲走！！！！」

　　煉獄惡魔張開血口，紅光匯聚，旋即一道赤紅色的光束從口中激射而出，Cisco抱著我滾到一旁，原本站著的地方瞬間變成一個焦黑大坑，幾乎就在同時，Isaac瘋了似的衝上去把餐刀插在煉獄惡魔身上。

　　「嗆啷……」煉獄惡魔拔出了胸口的餐刀扔到地上，傷口處泛起緩緩黑氣療養傷勢，Isaac抖著退後，卻被煉獄惡魔一隻巨手握著，在握緊下就將他捏斷成兩截。

　　他倒了在地上，內臟混雜鮮血從兩截身體裡流了出來，頓時一地鮮血。

　　「喔……哇……」Isaac在地上低低呻吟。
　　「唔好呀！！！！」

　　Eric再次崩潰，不顧生死地撲向煉獄惡魔一陣亂打，可是根本就在抓癢一樣，煉獄惡魔隨意一個手刀，Eric雙腳便齊齊斷掉。

　　「Eric！！！」Cisco連忙上前扶起Eric。

「嗄——嗄——」煉獄惡魔嘴裡噴出熱氣，轉身拿起 Isaac 的殘肢拋到聖誕樹上面，連同血淋淋的殘軀在內，十數米長的腸子繞在樹上，猶如樹上掛飾一樣，跟旁邊閃亮亮的裝飾球有極大違和感。我已經嚇得發不出聲音，只能一邊抖一邊後退著。

「嗷！！！！」那個煉獄惡魔猛的抬起猙獰頭顱，張開血盆大口仰天長嘯，聲動整個商場，附近的玻璃盡數爆裂。

「啊——！」Eric 的眼鏡鏡片也隨之破裂，碎片飛插入左眼，他用手捂著受傷的眼睛，指縫間滲出血來。

煉獄惡魔再嘶吼一聲，血口光子匯聚，對準了我的頭。

「快啲走呀！既然我已經死咗，佢就唔可以再殺我！」John 忽然衝上去抱著煉獄惡魔，但煉獄惡魔一個手刀，John 的右臂便整條掉在地上，傷口不見血，斷臂橫切面是一片黑色，彷彿體內是個無盡的黑暗。

「你仲企喺度做咩？快啲走呀！！！」John 朝著 Cisco 大吼，Cisco 一咬牙，隨即扛起 Eric，再拉著我逃進一間時裝店。

「Cisco⋯⋯你唔使理我⋯⋯啲血跡會出賣你哋位置⋯⋯」Eric 牙齒打顫地道。

　　他的斷腳處血流如泉湧，在地上留下一道長長的血路，一直通往我們的躲藏處。

「點可以唔理你！」Cisco 帶著我和 Eric 藏到一排衣服後面，然後屏息靜氣。我遠遠看見煉獄惡魔正在外面徘徊，而 John 已經被他大卸八塊，生死未明。

「咁唔係辦法……佢遲早會搵到我哋……」我顫抖著道。
「我哋再嚟多一次。」Cisco 吞了一口口水。
「仲嚟？你仲嫌佢唔夠勁？」我有些錯愕。
「蛇喺蛻皮嗰陣身體係最虛弱，我諗佢都一樣。」Cisco 冷靜地道。

「趁佢蛻皮嗰陣攻擊佢？咁我哋用咩攻擊佢？」我怔怔問道。
「用 Isaac 嘅餐刀。」Cisco 回答道。

　　我怔了一怔，原來 Cisco 趁混亂拾起了 Isaac 的純銀餐刀。

「我哋冇其他辦法，只可以博一博。」Cisco 又道。

　　煉獄惡魔此刻進入了我們對面的店舖，紅光閃爍，整間店舖頓時變成一片焦土。

「好，我哋博一博。」我重重地點了點頭。接著，Cisco 雙腳跪地，手指順序輕點額頭、胸口、左肩、右肩，劃了個十字。

「*因父、及子、及聖靈之名，阿們。*」

「*天主的諸位聖人聖女，望主垂憐，求主拯救我們。*」Cisco 低聲
誦讀經文，煉獄惡魔在外面徘徊著，一直在我們的視線範圍之內。

「*所有的聖靈，請為我們祈禱。*」經文還未唸完，煉獄惡魔終於
發現了地上的血路，隨即筆直地走向我們。

「*請原諒我，你卑微的僕人，寬恕我所有的罪——*」

「吼……！」煉獄惡魔一聲怒吼翻起一陣強風將店內的一切，包
括我們在內都吹離地面，我踉蹌跌在地上，Cisco 和 Eric 則被吹
至店舖的另一端。

「*以此被賜福的十字架，天父在命令你，聖子在命令你——*」
Cisco 繼續將剩下的經文唸出來。

　　　煉獄惡魔疾如閃電般出現在我眼前，單手扼著我的頸項將我
舉起。

「呀、啊……」我不能呼吸，骨頭都似乎要被扼斷。

「*十字架命令你！不潔的邪靈，我驅逐你！*」

　　　煉獄惡魔顯得有點錯愕，馬上又被巨型天使扯進光暈裡面，

他又再重施故技，從頭頂的小口鑽出一個新身體。於是，我緊握餐刀，朝著他的額頭捅了下去！

新鑽出來的煉獄惡魔鬆手讓我倒在地上，慘叫聲沖天而起，如同鬼哭狼嚎一般，然後好像被巨力硬生生撕開一般，整個身體裂開成左右兩半，鮮血如噴泉一般狂噴而出，宛如血雨。

濃郁的血腥味彌漫著每一寸空間，時裝店內所有角落像在血泊中泡過一樣，全都被染成紅色。Cisco 小心翼翼地走到煉獄惡魔身旁，用腳尖踢了踢他，確認他當真已經死亡。

「呼——」Cisco 鬆了一口氣，臉色慢慢轉為緩和，向我和 Eric 豎起了大拇指。

「我哋出去睇下其他人嘅情況。」Eric 道。
「好。」

Cisco 扶起 Eric 跨過煉獄惡魔的屍首，我跟著他們一起離開了時裝店，重新回到聖誕樹下方。忽然一陣風吹過，本來還在我前方的 Cisco，轉眼間就消失了。

風停了之後，Cisco 重新出現在遠方，他被釘在牆上，胸口插著一把餐刀。某些畫面肯定在我無意識間被消去。

「Cisco！！！」我歇斯底里地大叫。

失去攙扶的 Eric「*撲通*」一聲倒在地上，此時，一陣沉重的腳步聲從後方傳來，巨大的陰影漸漸將我籠罩起來。不、不會吧？

我極緩慢地轉頭看去，果然，他還未死。鋪天蓋地的殺意降臨下來，彷彿一切出現在他面前的生靈，都會被無情抹殺掉。

「嗷呀！！！！」他全身爆出了巨大尖刺，身體也再漲大了幾分，原本已經有三米多高，現在更高達五米，掌心尖刺隨手一劃，巨型聖誕樹就被硬生生切開成兩半，斷口光滑如鏡。

「*轟隆——*」聖誕樹的上半截倒在我跟前，這時，我已經閉上雙眼等待死亡來臨。

「*Would You Sell Your Soul To The Devil——（你願意出賣靈魂給魔鬼嗎——）*」

「*In Exchange For The Power To Vanquish That Demon—（以交換可以擊敗那隻惡魔的力量—）*」

聲音似乎猶在耳邊，忽地一陣冰涼侵襲了我的全身，我張開雙眼，周圍卻不見其他人在。

「Would You Make A Deal With The Devil—（你願意跟魔鬼交易嗎—）」

在場所有人包括煉獄惡魔都聽見那道聲音，他霍然齜牙咧嘴，如臨大敵。Cisco 臉色微變，硬生生的將插在胸膛內的餐刀拔出來，身體隨即從牆上下來。他吐出一口鮮血，正想開口。

「Y-Yes……」卻被一息尚存的 Isaac 搶先一步。

下一刻，一團黑氣慢慢纏繞著 Isaac 的殘幹，從半空中直落下來，只見他被分成兩截的身體重新連接起來，並且長出厚密黑毛、山羊長角，落地之後，他的身形也高達五米多，全身散發著恐怖氣息，彷彿是魔王降臨。

「嘩！原來魔鬼真係有對山羊角同全身黑色毛！」Isaac 高興地打量自己全身，變成魔鬼後聲線卻沒有改變，明顯跟恐怖外形大不相容。

「吼……」煉獄惡魔對著 Isaac 做兇惡狀。
「嗯，依家大家都咁高咁大，我唔會涼你㗎。」Isaac 活動著手臂關節，準備將煉獄惡魔痛揍一頓。

煉獄惡魔不再猶豫，帶著凜冽的破空之聲往 Isaac 身上刺去，Isaac 本能地側身閃開，忽然一手抓著了刺向他的長刺，一用力便

將其折斷。

煉獄惡魔不由得悶哼一聲，往後退了一步，Isaac 有些詫異，似乎還未習慣從魔鬼得來的力量。然後煉獄惡魔露出殘暴眼神，左腳一踏身體當即上前來，被拔掉長刺的右手握成拳頭狠狠砸向 Isaac，Isaac 也同時揮出了自己的右拳與煉獄惡魔的右拳對撞在一起。

「轟隆隆隆隆隆隆——」衝擊波從 Isaac 和煉獄惡魔對撞的拳頭中爆發出來，讓整個九龍塘商場都抖動了一下，僵持之際煉獄惡魔另一隻帶刺的左手直刺向 Isaac 的下腹。

然而那尖刺竟像刺在堅硬鋼板一樣，如碎木般盡數碎裂，煉獄惡魔錯愕不已，Isaac 隨即得意起來：「哈哈哈哈哈哈哈哈哈，輪到我！！！」

Isaac 蓄力一記重拳錘擊在煉獄惡魔的胸膛之上，拳頭割裂空氣發出恐怖的呼嘯聲，將千萬噸力量瀉向煉獄惡魔，使他的身體如炮彈般轟然飛出，直接把十幾面混凝土牆撞出人形大窟窿。

我已經目瞪口呆，不能作出反應。

過了一會，Isaac 拉著煉獄惡魔的腳把它拖了回來，更在地上拖出一條長長的血路，煉獄惡魔頭頂裂出一個小口，準備鑽出一

個新身體，Isaac 立即用雙拳如雨點一般轟落，短短的片刻之間已經轟了幾百拳，新鑽出的身體立即被轟成一堆爛泥巴。

「喔……」那堆爛泥巴發出低啞的聲音，一隻紅色的巨臂從裡面伸了出來。

Isaac 嘆了一口氣，接著又是將拳頭瘋狂轟出，「你，快啲，同我去死！」

煉獄惡魔一重生就會被 Isaac 打成碎爛，碎爛後又從肉泥中重生，過程不斷重複，直到煉獄惡魔再也沒有力氣重生，終於化成螢火般的白色光點，消散在空氣之中。

「大家見唔見到！」Isaac 跑到我們的面前，情緒激動：「見唔見到我將隻惡魔怪物打死咗！」

「但你呢一身力量係同魔鬼交換返嚟……唔會冇代價……」Eric 十分擔憂。

「唔好理呢啲住啦！快啲講我威唔威！我完全係撳住佢嚟打，勁到我自己都嚇親……」Isaac 的表情愈來愈迷離，巨大的身軀忽地搖晃了幾下，便栽倒在地上。

「Isaac！」Eric 爬到 Isaac 身旁，只見他渾身無力、兩眼無光，

就像用光了力量一樣。大家都清楚，Isaac 的生命已經走到了盡頭。

「我、我威唔威……」Isaac 氣若游絲地問道。

　　Eric 忍著奪眶而出的眼淚，握緊了 Isaac 那隻毛絨絨的手掌：「威，最威係你！」

「Cisco、Cara……你哋呢？見唔見到我頭先有幾威……？」Isaac 低低問道。

「見到……我見到。」Cisco 嘶啞著聲音。
「嗯。」我別過頭去不忍目睹。

「我大半生人……都俾人睇唔起……俾人恰……冇尊嚴……」Isaac 努力擠出那副軀體中最後的力氣，掙扎著對我們道：「我終於、終於可以威返一次喇……」

「Isaac……點解你要咁傻？……你會死！你覺得咁樣值得！？」Eric 用力、用力地抱緊 Isaac。

　　Isaac 的喘氣聲音愈來愈粗重，聲音也變得愈來愈小：「梗係值得……我已經死而無憾……」

「……」Eric 已是淚如雨下，我伸手一摸，發現自己在不自覺下

也流下了眼淚。

「如果佢哋知道我咁威⋯⋯唔知會有咩表情呢⋯⋯肯定⋯⋯成個樣呆晒⋯⋯」Isaac 說完這一句之後，慢慢閉上眼簾，掛上一個淺淺的笑容。

手，鬆開了。掉落在地上的蠟燭也熄滅了。Eric 眼神當中充滿絕望，僵住的身體開始發抖，抖得愈來愈厲害，緊接著發出一聲仰天嚎叫：「啊⋯⋯」

就在這絕望的呼嘯聲中，商場內的廣播系統聲音響起：「*沙沙沙沙——*」。很快，便變成一道機械式朗讀聲音：

「*那時，黑落德見了自己受了士們的愚弄，就大發忿怒——*」《聖經》透過廣播系統被播放出來，我們的傷勢正以肉眼可見的速度恢復著。

「*依照他由賢士們所探得的時期，差人將白冷及其周圍境內所有兩歲及兩歲以下的嬰兒殺死——*」

然後，一個身材纖瘦的女子正走向我們，她穿著一襲黑色西裝套裝，暖棕色髮絲自然垂落，整個人由內而外散發出優雅的氣質但又不失明媚靈動，年僅三十歲已經是大學英文系的助理教授。

「Dr.、Dr. Li……」Cisco 連說話都有些結巴。

　　Dr. Li 連眼角都沒有往我們臉上看一眼，逕直走到 John 的碎塊面前，輕輕拍了兩下手掌。那些零散碎塊竟然浮了起來，像是縫合一般黏連在一起，重新變回一具完整的身軀。

　　John 慢慢地張開雙眼，微微皺眉，看見 Dr. Li 就在自己面前之後，嚇得一連後退了好幾步，「哇！」。

　　只見 Dr. Li 的肩頭輕微動了動，此刻她正背向著我們，因此看不見她的表情。John 臉上驚愕的表情漸漸消失，下一刻竟將 Dr. Li 緊緊擁入懷裡，Dr. Li 的身子抖了一下，John 更是用力的抱著她，二人都沒有說話。

「你唔嬲我？」Dr. Li 帶著哽咽的聲音問道。
「唔嬲。」John 臉上揚起一抹微笑。Dr. Li 聞言終於哭了出來，重新埋首在他的懷裡。

「眼睛就是身體的燈。所以，你的眼睛若是健康的，你的全身就都光明。」

　　這時候，Cisco 忽然對著 Eric 大喝：「Eric！」

「……」Eric 一雙眼睛死死地望著 Isaac 的屍體，沒有任何反應，

直當我們所有人都不存在似的。

Cisco「嘖」了一聲，隨即轉頭往 Dr. Li 看去，一咬牙問道：「Dr. Li，係咪所有嘢都係你搞出嚟嘅！？」然而，Dr. Li 沒有轉頭，彷彿聽不見他的聲音。

「Dr. Li！」他加強了語氣，記憶中不曾聽過他用如此重的語氣。

Dr. Li 長嘆了一口氣後，離開了 John 的懷抱，用巾帕擦乾眼淚之後，轉身面向 Cisco，「Sorry Cisco，我見返 John 太開心，一時間冇理到你。」

「Dr. Li，你係咪應該好好解釋一下？」Cisco 眼睛瞪著 Dr. Li。

Dr. Li 默然片刻，才慢慢地道：「我諗你哋透過日記已經大概知道發生咗咩事。」

「係你殺咗 John 同 Monica，然後唔知因為咩原因而牽連埋我哋！」Cisco 戾目怒睜道。

「嗯，發生咗好多事，John 同埋嗰個女人都係我親手殺嘅。」Dr. Li 直認不諱，接著道：「最後我同魔鬼交易，要佢將我送嚟地獄同 John 重聚。」

「地獄？呢、呢度係地獄？」Cisco 臉上滿是不可置信之色。

　　Dr. Li 重新轉頭望向 Cisco，淡淡地道：「嗯。冇錯，呢度係地獄。」

　　Cisco 眼角的肌肉似乎也在微微抽搐，「咁點解⋯⋯我哋⋯⋯」

　　Dr. Li 沉默了一會，聲音還是那般平淡：「Ritual（儀式）需要六個人作為祭品，但唔係 Specific 嘅對象，換句話說任何六個人都可以，」Dr. Li 頓了一下，慢慢道：「只係收到 Email 而又嚟咗我 Office 嘅係你哋，所以，就係你哋。」

「就係因為一個咁荒謬嘅原因？」Cisco 連聲音都在顫抖。
「嗯。」Dr. Li 應了一聲。
「就係因為你，你知唔知道失去咗幾多條人命？」從 Cisco 喉嚨中擠出來的聲音是如此絕望，此刻他的心中，也只剩下絕望。

「你哋原諒我又好，唔原諒我又好，我都唔在乎，我在乎嘅只有 John。」説罷，她彎腰向我們道歉，卻完全沒有歉意，直起腰後，她用修長潔白的手指將額前散亂的頭髮別到耳後。

「點、點可能原諒你！呢個理由簡直係荒謬⋯⋯！本來我哋全部人都好地地，依、依家⋯⋯」Cisco 一臉慘白，雙膝跪地。

「Let me teach you a lesson.」Dr. Li 看著 Cisco，慢慢地道：
「世事本來就好荒謬，荒謬在於你明知道好荒謬，但又必須要接受。」

「……」Cisco 拾起地上的餐刀，把刀尖對準了自己的頸項。
「唔好呀！」我失聲驚叫。
「Class dismissed.」Dr. Li 打了個響指，驟然間，整個世界變成了一塊白霧茫茫的空地。

除了濃重的霧，甚麼都看不見，恍如幻境一般的地方。這裡是哪裡？其他人呢？

前方忽然出現一絲亮光，彷彿指引著我前行，我遲疑了一下，一個人慢慢穿過了濃霧，映入眼簾的是一間房子，有一組沙發、茶几、電視機以及一張床。坐在沙發上面的是 Cisco 和 Jill，兩人的互動是多麼親暱、多麼黏膩，即使聲音傳不過來，但足以讓我的心臟絞縮，就像被一台巨型坦克不斷來回輾壓，痛得不能呼吸。

承認吧，你根本知道他的心裡沒有你，你只是不敢面對現實。你一直不敢表白，是害怕泡泡被戳破後，你和他連朋友都做不成。明明那個女人只不過出現了兩天，明明一直陪伴在 Cisco 身邊的人是你，她憑甚麼得到他的注視？她消失了，你其實也鬆了一口氣吧？

File　Home　Insert　Layout　Review　View

Calibri (Body)　11　B　I　U　abc　ab　A　A　∨　⊠

　　　　騙子，你明明就很高興。但即使如此，她仍會一直活在他的「心」裡面，她會成為他永遠都放不下的心債，你永遠都敵不過她。不管你怎麼努力，他也不會多看你一眼，這點相信你是最清楚的。

　　　　很痛苦吧？痛得難以呼吸吧？但是，你不需要再痛苦下去了，只要你願意的話，不管是甚麼願望都能實現。

　　　　在這裡，撒旦會擦去你眼中一切的淚水，就像沉沒於無窮愉悅的大海，再沒有悲傷、再沒有哭泣、再沒有痛苦⋯⋯

　　　　就這樣，沉淪吧⋯⋯

　　　　人類。

午夜的

教學大樓

ACADEMIC BUILDING AT MIDNIGHT

「 正在開啟文件 ...

「 第四章《意識迷宮》.doc 」

微風吹拂著潔白的窗紗，陽光穿過透亮的玻璃窗灑在木地板上。醒來的時候，我已經不在商場裡面，而是躺在一張溫暖柔軟的床上。

我吃驚地坐起，看看四周，自己正在一個陌生的臥室，身邊的半張床是空著，還有一個枕頭，摸一摸床面還是暖的，代表有人睡過。

不對！

我剛剛還在商場裡面，為甚麼轉眼間會來到這個房間？其他人呢？

我翻身下床，悄悄的打開房門往外看，外面是一條走廊。一陣細微的淅瀝流水傳來耳邊，我向著聲音的來源走過去，腳步非常輕，生怕又會遇上陷阱。

原本細微的水聲愈來愈清晰，我隨即來到廚房門口，一個修長窈窕的身影躍入眼簾，她身上套著圍裙，綁著一條很長的黑色馬尾，正背向著我站在流理台前沖洗蔬菜。

我睜大了眼睛，實在難以置信。眼前俏立的身影好像發現有人站在她身後一樣，驀然回頭，讓我看見她那美麗的臉孔。

「你醒喇？」她展顏一笑，眉眼間都是溫柔。

我心中一陣激動，猶如從內心深處騰起的激動，然後再也控制不到自己，衝過去將她緊緊擁在懷裡。

「Jill⋯⋯」我眼眶中盡是淚水。

「你係咪發噩夢呀？」她的語氣有著隱隱的擔憂之意。

「Jill⋯⋯你冇事實在太好喇⋯⋯」我更加用力地擁著她。

「我點會有事呢？傻佬。」她訕訕道。

「傻、傻佬？」我愣了一下，隨即鬆開了她。

「你咪傻佬囉，噩夢都當真。」她嫣然一笑，隨即用衣袖替我擦拭眼淚。

「噩夢⋯⋯？一切都係噩夢？」我吶吶問道。

「你夢見啲咩呀？」她溫柔地注視著我。

「我夢見你俾《羅馬禮書》經文反噬，然後天使帶走咗你⋯⋯」

她「噗」一聲笑了出來，「我上咗天堂你唔戥我開心？」

「唔要！我唔要同你分開！」我再次將她抱在懷裡，緊緊不放。

「唔分開，我哋永遠都唔分開。」她把手放在我背上輕掃，安撫著我，許久之後我才不捨地放開她。

「今日早餐食沙律，你出飯廳等我一陣，好快有得食。」她隨即

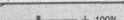

轉身過去，在砧板上細剁蔬菜，我怕礙手礙腳只好離開了廚房。

來到客廳，我拉開椅子坐下，心頭一陣迷惘。一切都太過美好，美好得讓我感到不對勁。難道這是一場夢？明明我認識的 Jill 是一個既兜巴巴又冷冰冰的女子，若果不是夢的話，她怎會變得這麼溫柔，還叫我「傻佬」？萬千思緒在我腦海翻騰，亂成一團。

過了一會，Jill 捧著兩個大木碗從廚房走出來，並將其中一個大木碗放到我面前，「登登登凳，凱撒沙律——」她拉開椅子坐在我對面，用叉子將一小片生菜送入口裡，閉上嘴巴慢慢咀嚼。

「係咪冇胃口？」她見我沒有動作，擔心地問道。
「……」我一時默然，想著這會不會是陷阱。
「係咪唔鍾意食呀？」Jill 有些失落地低下頭。
「唔係呀！」

既然是夢，我應該不會被毒死吧，於是將生菜放進口裡，這個時候眼角餘光一閃，正好瞥到她的左手無名指上閃爍著銀光。

仔細看清楚，發現是一枚鑽石戒指。我心中一震，怔怔不能言語。這、這很明顯是一枚結婚戒指啊，Jill 跟誰結婚了？我馬上發現這個問題很愚蠢，現在房子裡只有我和她，她丈夫不是我還會是誰？

只是一切來得太突然，一時之間太過震驚。我低頭看了看我的左手無名指，果然戴著一枚銀戒指。

「Cisco？面色咁奇怪嘅？」Jill 問道。
「冇、冇嘢……哈哈……」我勉強擠出一個微笑。
「哦……」

安安靜靜地吃完沙律之後，Jill 將東西收拾乾淨，我離開椅子走到客廳的一個櫃子前，上面放著不少相架，照片包括我和 Jill 的結婚照、她的單人照，還有我們去旅行時的合照，只見我和 Jill 並肩站在大阪通天閣商店街，眉梢之間流露出來的盡是綿綿之情。

我愈看愈覺得奇怪，為甚麼我對此一點印象都沒有？難道真的是夢？我心裡突然跳出一個想法，既然在夢中不會有痛覺，那我驗證一下好了。

此刻 Jill 正在廚房洗碗，我靜悄悄地走進洗手間，目光落在鏡櫃上面的一把刮鬍刀。我右手拿起刮鬍刀，左手伸出食指，下定決心，然後用刮鬍刀在指頭上劃去，看著刀尖劃破指頭，傷口登時溢出鮮血滴在洗手盆上。我「嘶」的一聲叫了出來，十指痛歸心。為甚麼會痛的？我不是在做夢嗎？

就在這時，廚房的水聲戛然而止，腳步聲似乎朝這邊靠近，我連忙扭開水喉把血沖走，Jill 在門口直走而過，徑自走進睡房並

且關上房門，沒有察覺到異樣，我頓時鬆了一口氣。

　　我回到客廳用紙巾止血，半晌聽到房門被打開，立即將染血的紙巾藏起。Jill 換上一襲白色蕾絲面料的連衣裙從睡房走出來，隨即向我問道：「Cisco，仲唔去換衫？」

「換衫？我哋要去邊？」我微感詫異。
「畫展呀，你應承咗陪我去睇㗎。」她眉頭一皺，略顯不滿。
「哈哈哈哈，我當然記得，我依家就去換衫。」當然，我沒有印象曾經答應過她。

　　心裡很亂，完全搞不清楚東西南北。陌生的走廊、陌生的升降機、陌生的大廈保安，感覺一切都很奇怪。

「王生王太，出街呀？」陌生的保安笑著跟我們搭話。
「係呀曾叔。」Jill 微笑著回答，然後主動挽著我的手臂。我忍不住心頭一熱，連心跳也隨之加速。

「呵呵，好少夫婦好似你哋咁恩愛囉……」我尷尬地點頭，沒有回話。

　　離開大廈之後，我和 Jill 走在一條人流稀疏的路上，兩旁是鬱郁蔥蔥的大樹，暖和的陽光穿過綠樹密密鄰鄰地灑落下來，我已經很多天沒有見過陽光了，不禁閉上雙眼去感受陽光。

「傻佬，你做咩呀？」Jill 用食指輕戳我的酒窩。

明媚的陽光下，她嘴角掛著一絲淡淡笑意，明亮的眼眸注視著我。我整個人窒住，臉頰發熱。

「你今日真係好傻，好似一開始拍拖嗰時咁。」她笑著道。
「喺我記憶之中，今日就係第一日同你行街拍拖。」我本來想這樣回答。

「……可能我太愛你，結咗婚都同一開始拍拖冇分別。」既然在她的記憶中我們已經是老夫老妻，對這些話早已厭倦了吧，所以我很自然就說出口了。

誰知她臉上紅暈漸漸變濃，幾乎是從她的白皙肌膚中透出來似的，然後低頭不再說話，我被她的情緒感染得也頓時一陣羞怯。

走著走著，我和她去到粉嶺火車站。原來我們住在粉嶺。火車站裡只有寥寥數人，抬頭看站裡的時鐘，時間是早上十一時多。這時候 Jill 已經從剛才的情緒中緩了過來，臉色也平靜了許多，於是我開口問她：「今日係星期幾？」

「星期日。」她回答道。

既然是星期天，為甚麼火車站裡這麼少人？可能粉嶺本身就

少人居住？我很少來粉嶺所以不清楚，於是我也將這件事放下，跟著 Jill 登上往紅磡方向的火車，然後在沙田站下車。

我們的目的地是文化博物館，看一個法國畫家 Paul Delaroche（保羅・德拉羅什）的畫展，Jill 說他的畫作分散在世界各地，有些還不開放予公眾觀賞，現在大部分都齊集在一起展出，所以機會非常難得。

出了火車站之後，我們穿過新市鎮廣場再隨電梯往下面的巴士總站，沿途只看見小貓三四隻，雖然不及異空間般詭異，但也非常不對勁，明明今天是星期日，新市鎮廣場又是大型消費熱點，沒理由這麼少人。

「Jill，點解商場咁少人？放假唔係應該好多大陸遊客㗎咩？」
「我都唔係好清楚，可能依家係旅遊淡季啩？」

在巴士總站等了一會兒便有車，下車地點已經是文化博物館的正門。中午的太陽直射下來，和煦而不炎熱，但博物館大門口前水靜河飛，附近的空地也只有幾個人在徘徊，實在怪異得很。進去之後，我和 Jill 直接到二樓 Paul Delaroche 畫展所身處的專題展覽館，正對面是李小龍的展覽。

走進畫展，光線恰好地打在每張畫作上，一幅幅美麗的油畫陸續映入眼簾，從他早期的作品開始，按著時間順序排列，就像

走進一條時光隧道，看見他的技藝也愈來愈近乎完美，繪畫語言特徵也愈趨成熟。

雖然藝術之事我只懂根鐵，但單看畫功，這些畫真的畫得很好，我可以斷定自己不是在做夢，因為夢裡只會出現我想象到的東西，但這些畫我從來未見過，亦不可能憑空想象出這麼美麗的畫作。

Jill 站在一幅配著精美畫框的油畫面前，轉頭跟我說：「見唔見到佢頭上面嘅光環？就係呢個光環令到成個畫風變得浪漫咗。」

我正想說些甚麼的時候，一下輕佻的吹口哨聲音傳到我的耳邊，順著聲音望去，只見一個上身穿著粉紅色簡衣，下身穿著破洞窄腳牛仔褲的偏瘦男子正上下打量著 Jill，眼神之中不曾有半點尊重之意。

我睜大了眼睛，嘴巴都顫抖了起來，「Isaac⋯⋯」

「⋯⋯」Jill 一雙冰冷目光盯在 Isaac 身上。
「靚女，唔使咁嘅樣嘅，我只不過想識你。」Isaac 面上掛著笑容。

Jill 只是緩緩地舉起左手，向他展示手中的婚戒。

「Isaac———！」我衝口而出。他愣了一下，才說：「咦，我識你喇咩？」

「你點會唔識我……我咪 Cisco……」我詫異地道。

「Cisco？《The Flash》裡面嗰個 Cisco 我就識，哈哈哈。」他哈哈一笑，看樣子真的不認識我。

「點解你會唔識我……」我不可置信地道。

「可能我識太多人一時唔認得你喇，對唔住呀，唔調戲阿嫂啦。」

他說完之後便轉身離去，我正想追上去之際，突然感到一陣頭痛，人都幾乎站不穩。Jill 臉上轉為擔憂的神色，連忙扶著我，「Cisco，你冇事嘛？」

「好小事，只係無啦啦有啲頭痛……」
「使唔使飲啲水休息下？」
「唔使啦，依家又冇咩事。」
「真係唔使休息下？」
「真係唔使，我哋繼續行畫展！」
「……咁好啦。」

她挽著我的手臂一同往前走去，好奇問道：「你識唔先嗰個人？」

「嗯，佢叫 Isaac，係我英文系嘅同學，但係佢唔認得我……」我困惑地道。

「我唔鍾意佢嘅態度。」她淡淡地道。

「哈哈，唔好見佢咁嘅樣，佢成日都換女朋友。」我笑道。

「你係咪好羨慕佢？」Jill 注視著我，眼裡泛起一絲寒意。

「當然唔係！全世界所有女人加埋都唔夠你好！」我連忙道。

「又喺度口花花。」她目光帶著幸福的笑意，卻已經看不見剛才的冰冷寒芒。

我暗裡鬆一口氣，但還是很在意 Isaac 的事情，為甚麼他會不認得我？最重要的是，他不是已經死了嗎？

想著想著，我和 Jill 在其中一幅作品前停下腳步，附近有十多人在駐足觀賞，相比起新市鎮廣場只有小貓三四隻，這已經算是很多人。油畫旁邊站著一個穿西裝的導賞員，正透過掛腰的麥克風向參觀人士介紹展品內容：

「《珍葛雷夫人之死刑》係藝術界最廣為人知嘅名畫之一，珍葛雷夫人曾經係英格蘭嘅女王，但只係做咗九日就成為宮廷鬥爭嘅犧牲品。」導賞員是一名中年男人，一副斯文儒雅的模樣。

「從畫面可見，珍葛雷夫人雙眼被矇上，伸手摸索緊將會放置自己首級嘅臺座，側邊扶住佢嘅係神父，佢對珍葛雷夫人充滿不捨

嘅心情。」

「最左邊嘅係侍女，佢哋拎住珍葛雷夫人嘅女王披風同埋首飾，對於女王將會被處決而感到心酸，連望過去都唔敢。」

「呢張畫成為經典嘅原因係因為畫家好成功咁營造出絕望嘅感覺，當中夾雜住淒慘同埋壓迫感，令人不自覺想象下一分鐘嘅血腥畫面。」

　　附近的人一邊聽著講解，一邊點頭。話鋒一轉，導賞員的語氣瞬間變得戲謔起來：「其實如果珍葛雷夫人同魏俊傑一樣咁識時務嘅話，肯妥協唔再信基督教，佢就唔使死。何必因為一時之氣而斷送性命？」

「係囉，懶係清高咁搞到命都冇埋。」一名女士道。
「我係佢就拿拿聲改信天主教啦，信咗之後大把世界。」一名中年男人道。

「佢都係博出位啫，想後世嘅人個個都記住佢，居心叵測。」一名年輕男子道。

　　我微微皺眉，覺得他們的言論很不妥，這時 Jill 正望著畫怔怔出神，沒有把他們的說話聽進去。

「我覺得你哋咁樣講唔係幾好，佢年紀小小但係唔怕死已經值得我哋敬佩。」我插話道。

他們全部人向我望了過來，除了導賞員之外，所有人均是面無表情，只是不發一聲地看著我，看得我心底忽然竄起一股寒意。

「有咩重要得過性命？佢肯妥協嘅話，唔單止唔使死，仲可以繼續過住富貴嘅皇族生活。」導賞員笑著向我問道，其他人依舊面無表情，等待我回答。

我吞了一口口水，回答：「咁樣只係苟且偷生。」

「你認為高尚情操比起性命更重要？」他質問道。
「如果我係佢，一個英格蘭嘅女王，我會選擇成全大義。」

他聞言，笑意更濃了，「哥哥仔，你唔怕死呀？」

他話音剛下，其他人立即向著我報以詭異陰笑。我只覺得一股寒意陡然間侵入了心肺，全身冰涼得竟有一種毛骨悚然的感覺。

「哈哈，唔使咁驚喎。」導賞員說罷哈哈大笑。其他人彷彿是同步動作般，也跟著一起哄堂大笑。

「哈哈哈哈哈哈哈哈哈哈——」

「哈哈哈哈哈哈哈哈哈哈——」
「哈哈哈哈哈哈哈哈哈哈——」

　　　笑聲迴盪在這個幽暗靜謐的展覽廳角落，剛好 Jill 回過神來，微皺眉頭的瞧了他們一眼，隨即對著我說：「Cisco，我哋繼續去睇其他畫吖。」

「嗯。」我只想快點離開。

　　　Jill 挽著我的手帶我遠離那群人，我轉頭看去，只見他們繼續停留在《珍葛雷夫人之死刑》的前方，沒有離開。我沒有把這件事放在心中，把剩下的展品都看完後我和 Jill 便離開了文化博物館。

「我好開心你陪我嚟睇畫展。」她笑盈盈地看著我，絲毫沒有躲避我的目光。

「你開心就得。」我害羞起來，不敢與她的目光對視。
「你有咩想做？我陪你吖。」

　　　我心下思忖，根據我的記憶我已經被困異空間多日，除了 Jill 外我最想見的就是父母。

「我想返屋企。」我低低道。

「咁快就返屋企？」她笑著問道。

「唔係，我想探阿媽阿爸。」我又道。

「……你唔記得咗老爺奶奶去緊歐洲旅行？」她微感錯愕。

「係喎！佢地去咗旅行，一時醒唔起　。」我捏了一把冷汗，只好違心地說了個謊。

「咁不如我哋去新市鎮廣場行下？」她建議道。

「好……」

　　這次我們步行前往新市鎮廣場，我發現不只是路人，原來連車輛的數量也很少，大埔公路居然只有兩三輛汽車經過，但 Jill 卻是漫不經心，絲毫不覺得奇怪。

　　到達新市鎮廣場後，我和 Jill 一連逛了好幾間時裝店，她為我挑了一些她喜歡的衣服，作為回禮我也替她選了幾件衣服，逛完之後我們各自提著滿滿的購物袋前往 AKEA。

「廁所個毛巾架爛咗，要換過個新。」Jill 說完之後將一個毛巾架放進購物車裡。

「仲有屋企啲杯都唔係好夠，有時想請朋友上嚟都唔夠杯用。」接著她又從貨架裡取了一套六隻玻璃杯，由於我對「家裡」的情況不太清楚，所以一路上都是由她作主，我只在一旁頻頻點頭。走遍了大半個 AKEA，發現除了店員之外就只有我們，像包了場

似的。

「Jill，你唔覺得奇怪？成間 AKEA 得我哋兩個客人。」我左顧右盼。

「但係 AKEA 一向冇咩人行㗎喎……」她抬頭望向我這邊。
「吓，唔會啩，無論任何時候都會有人齋坐唔幫襯㗎喎。」我質疑道。

「點會呢？你睇下，一個人都冇。」她手指向前一指，一排沙發上果然一個人也沒有。

我懷著疑惑的心情一直到結帳，結帳後 Jill 提議到 AKEA 的餐廳吃午飯，然後我就讓她找一個位置坐好，我買完午餐後，雙手捧著托盤到收銀處。

「先生，多謝你一百三十七蚊。」收銀員道。

我從褲袋取出錢包，拿出兩張一百元給她。她接過兩張一百元後便打開收銀機準備找續給我，這時我才發現錢包裡面還有一張五十元紙幣，於是又給了她一張五十元，並且向她取回一百元。

「哦，你有散紙，我畀返一百蚊你先。」
「唔該。」

因為她已經打開了收銀機，這時候她需要用心算來計算找續金額。我將一百元紙幣放回銀包，再將銀包放進褲袋時才發現原來口袋裡有硬幣。

我從中掏出了幾個硬幣，剛好湊夠七元給她，她隨即怔了一怔，有點恍惚地說：「你又畀七蚊我，原本我要找十、十三蚊畀你⋯⋯」

「七蚊、十三蚊⋯⋯咁依家即係要找返、要找返⋯⋯」
「廿蚊。」我說。

「咁依家即係要找⋯⋯」
「咁依家即係要找⋯⋯」
「咁依家即係要找⋯⋯」

她沒有聽進我的話，像答錄機一樣重複著同一句說話。

忽然間，我感覺到她好像整個人都定了格，其後才發現不只她，而是整個世界都定格了。她眼睛睜得大大的，我吞了一口口水，伸出手在她面前晃了兩下，她還是沒有反應，眼睛眨也不眨的看著我。我轉頭望向後方，只見食物部的職員也保持著剛才的動作靜止不動，連空調吹出來的風都凝在半空，這世界裡的一切都靜止在一剎那。

　　　　強烈不安感油然而生，突然所有光線消失了半秒鐘，我還沒來得及驚嚇時又再重新亮了起來。隨著燈光亮起，冷氣風口重新將冷氣吹在我臉上，眼前的收銀員也眨了眨眼，世界回復正常。

「咁依家即係要找返廿蚊畀你。」她跟我說。

　　　　接著她向我遞出一張二十元紙幣，我卻沒有去拿。她皺眉看著我，我半張開口合不起來，剛才瞬間的世界定格把所有怪事都串聯在一起，猶如拼圖一般將真相構建出來。得知真相之後，我將食物盤扔到地上，轉頭便拔足奔去。

　　　　我沒有經過餐廳，而是直接衝下扶手電梯離開了 AKEA，衝到地面之後，旁邊的馬路剛好有輛汽車駛來，我想也沒想就跑上前，在馬路中心攔住那輛車。

　　　　汽車一個急剎，司機伸出頭向我罵道：「做咩呀你！？想死呀？」

　　　　我沒有回答他，而是走過去拉開車門將他從裡面揪了出來，然後立即關上車門揚長而去。

「喂！做咩揸走我架車呀？我報警拉你㗎！」那司機追在車後，我沒有理會他，馬上直催油門往沙田鄉事會路駛去。

　　我將油門一腳踩到底，速度指針一下子就飆至一百，方向盤轉了一個小角度避開前面的車，車外的景色都飛快地往後移動，轉眼間駛上了沙瀝公路，我瞄一瞄儀表盤上的數字，速度已經是二百二十公里，車子快得像是能飛起來。駛過愉翠苑後，外面的景物開始出現變形，房子大廈變成了一團團糊掉的東西，就像是未載入好的電子遊戲模型。

　　我不禁笑了出來，車子繼續在直路上狂飆，車外的東西愈來愈模糊，駛到大老山公路時，公路以外的地方就只有一片大草地，漸漸地，終於連公路都模糊掉，然後我看見了這個世界的邊界，邊界以外是無盡的黑暗，我再不停車的話便會連人帶車墮進一個黑暗的虛空。

　　於是我鬆開了油門，將車子煞停在邊界前方，下車踏在糊掉的公路上。我前面站著一個異常俊美的少年，短髮極短幾乎是光頭，一身妖嬈邪氣也不曾掩飾過，那不是 Melt 又是誰？

「原來你仲未死！我一早估到呢個世界有啲唔妥。」我怒目圓睜道。

「咳嗯嗯嗯——Cisco，你好聰明。」Melt 笑著拍掌。

　　我跟他面對面站著，氣氛十分緊張。

「我身處嘅地方係你創造出嚟？」我冷冷問道。

「咳嗯嗯嗯……嚴格嚟講我冇實質創造任何地方，你有冇聽過笛卡兒嘅『魔鬼論證』？」Melt 掛著一個諱莫如深的笑容。

「魔鬼論證」由法國哲學家勒內笛卡兒提出，大意是指某一個魔鬼在欺騙我們，所有透過感官認識的外在事物不過是虛假經驗。

「你想講，我依家見到嘅一切都係幻覺？」我問道。

「咳嗯嗯嗯，冇錯。」Melt 一邊來回踱步，一邊說：「呢個就係我哋嘅目的，透過長時間觀察了解你哋內心嘅渴望，然後為你哋每個人度身訂造一個理想嘅意識世界，誘使你哋獻上靈魂。」

「既然係咁，點解又要派怪物攻擊我哋？」我繼續質問。

「咳嗯嗯嗯——嗰啲係惡魔，你要知道下層界嘅居民唔只得我哋。我哋已經盡力壓制惡魔，保住你哋條命。」他淡淡道。

「盡力？你仲想呃邊個？以你哋嘅力量要消滅佢哋根本綽綽有餘。」單憑 Isaac 從魔鬼借來的力量就足以虐殺煉獄惡魔，由此可見魔鬼自身一定擁有更為恐怖的力量，他們放任惡魔亂來，肯定打著甚麼壞算盤。

Melt 摸了摸光頭，尷尬笑道：「咳嗯嗯嗯嗯哈哈哈哈又俾你識穿咗。你可以話我哋惡趣味，人類面臨絕望所擺出嘅表情，對於

我哋魔鬼嚟講其實係唔錯嘅風景。」

　　我開始有點明白，為甚麼 Jill 如此憎恨魔鬼。我握緊拳頭又鬆開，鬆開又握緊，如事者幾次反覆過後才能冷靜下來，「我想知道其他人依家嘅情況。」

「咳嗯嗯嗯——暫時仲未有人獻出靈魂，」他故作神秘地停頓了一下，看我無動於衷，只好繼續道：「不過，只係時間問題。」

「佢哋依家真係冇事？」我擺出一副不相信的模樣。
「唔信嘅話我帶你去睇下 Maggie 嘅意識世界。」

　　Melt 輕巧地打了一個響指，一個等身高度的黑色漩渦徒然出現在他身後，漩渦裡面是一個高級公寓的場景，他轉身走進漩渦裡面，但我依然駐足原地，心中狐疑沒有跟上去。

　　他見我沒有跟上去，便微笑著走過來把手搭在我的肩膀上，動作看似沒有用多大的力，我卻完全掙脫不了，然後就這樣被他推促著穿過漩渦，來到那個高級公寓。

　　進入高級公寓，只見 Maggie 一身歐洲名牌，像貴婦一樣軟攤在豪華真皮沙發上品嘗著紅酒，我和 Melt 此刻就站在她面前，但她好像看不見我們。

File　Home　Insert　Layout　Review　View

Calibri (Body)　│　11　│　B　I　U　abc　ab✏　A　A✓　∨　⊠

　　　　Melt 鬆開了放在我肩膀上的手，然後坐到 Maggie 的旁邊，
「放心，佢見唔到我哋。」

「如果將靈魂畀咗你會發生咩事？」我問道。
「影響不大，你依然會有自由思想同埋肉體，只係永遠冇得返去
現實世界。」Melt 笑著回答。

「咁 Isaac 呢？佢都係用靈魂交換力量？但點解佢最後……會死
咗？」我心中不忍地問。

「Isaac 換返嚟嘅野有啲唔同，佢直接要求魔鬼附身，所以代價會
大啲。」

　　　　這時候，有一個眉目如畫的魁梧男人走了過來，他全身一絲
不掛坐在沙發的另一邊，Maggie 隨即將雙手繞在他的頸項上，雙
眼似閉非閉，盈盈眼波像是要流出來一般。

「Honey……」Maggie 臉上有明顯的紅暈，醉意甚濃，那個男人
甚麼也沒說，直接用嘴唇堵住她的嘴巴，兩人便開始熱吻起來。

　　　　Melt 站了起來，咳一聲說：「咳嗯嗯嗯——睇嚟我哋要迴避
下。」

　　　　緊接著一個黑色漩渦出現在他面前，他沒有等我便徑直走了

進去，看著他們親熱我也好不尷尬，馬上也跟著回到漩渦裡面。

　　場景一轉，這次我身處在一個太空船駕駛艙裡面，牆壁及天花板均由鋼鐵構成，還有各式各樣高科技儀器，閃爍著幽幽綠光。這裡共有五個座位，四前一後，後方的座位看起來是艦長的座位，坐在上面的是 Cara。

　　不過這還不算最吃驚，更吃驚的是我看見「自己」正坐在前排其中一個座位上，身上還穿著一件很花俏的太空衣。

「艦長，我哋準備好穿過蟲洞。」那個「我」道。
「反物質引擎準備好未？」Cara 一本正經地問道。
「已經準備好，只要艦長你下指令，我哋馬上可以穿過蟲洞到達仙女座星系。」

　　我翻了一下白眼，沒好氣問道：「連外太空都可以模擬到出嚟？」

「咳嗯嗯嗯——其實你哋所有要求我都滿足到，不過有一點想向你道歉，因為 Cara 嘅世界觀過於龐大，消耗咗我大部分嘅力量，所以冇喺你個意識世界花太多心機。」Melt 吐吐舌頭。

「……」所以我的意識世界才會這麼蹩腳？

　　　　我從駕駛艙的半弧形觀景窗看出去，發現太空船此刻正被牽引往一圈藍色巨大光暈，那光暈就如一個高速旋轉的陀螺，一邊旋轉一邊發出幽幽的綠色光線。忽然，駕駛艙的門全都被關上，各種警示燈亮起並且發出高頻鳴音，氣氛登時緊張起來。

「艦長，我哋已經喺蟲洞嘅力場裡面，請下達指令。」那個「我」緊張地道。

「開動反物質引擎，輸出 427.33 倍地球質量反物質去中和力場。」Cara 一呼百應，眾艦員立即純熟地敲打著儀表板上的控制鍵。這時我才發覺其他艦員都是機器人，樣子跟《星球大戰》裡面的「C-3PO」差不多。

「點解得我同 Cara 係人類？」我詫異問道。

　　　　這裡是根據每人內心的渴望而投影出來的意識世界，即是說 Cara 渴望整個世界只有我和她兩個人？

　　　　Melt 笑了一笑，轉頭笑道：「咳哈哈哈──你真係咁遲鈍定係扮唔知道？」

「或者只係巧合？嗰個『我』其實可以係任何人，可以係 Eric，甚至可以係 Isaac……」我滿腔疑惑。

「……某方面你真係遲鈍到難以置信，哎吔，Cara 真係可憐。」
Melt 話音剛落，窗外有一顆小行星被引力牽近到光暈中心，呈螺旋狀被拉了進去，太空船的速度也變得愈來愈快，開始顫抖起來。

我身子一晃如從夢中驚醒，現在最重要的是喚醒 Cara！至於為甚麼我會出現在 Cara 的意識世界？現在不急切要得悉原因。

「Cara！一切都係假㗎！你再沉迷落去會好危險㗎！」我對著 Cara 大喊。

只是我的聲音傳不過去，她臉上神情依舊。

「咳嗯嗯嗯——佢唔會見到你，亦都唔會聽到你講嘅嘢。」Melt 氣定神閒地道。

「畀我同 Cara 講嘢呀！」我焦急道。
「我唔可以咁做。」Melt 淡淡地道。
「你……！」

我不經意撞到後方的儀表板，發出聲響引起 Cara 的注意。

「咩聲？」Cara 臉上掛著疑惑的表情。
「報告艦長，應該係反物質引擎運作嘅聲音。」那個「我」道。

我靈光一閃，隨即伸手亂按控制鍵，駕駛艙頓時響起了一大串電子「*嗶嗶*」聲。

「係咪有人喺度？」Cara 站起來緊張問道。

我正想繼續亂按控制鍵，卻被不知何時出現在我身旁的 Melt 抓著我的手肘。

「Cisco，唔好做多餘嘅嘢。」Melt 的手像鉗子一樣牢牢抓緊我，使我完全動不了。一瞬間，我眼前出現了一個黑色漩渦，隨即被他輕輕推進去。

那是一個籃球場，周圍的白樺樹彷彿受不住烈日的陽光，蔫蔫的耷拉著葉子。

「*彭、彭、彭——！*」

籃球框下有兩個身影正練習著進攻防守，運球的聲音持續在空氣中迴盪。

「哥，我都係想入一球啫！」說話的人在三分線外拍著球，樣子有點像 Isaac 但如高中生般幼嫩。

這人是誰？是少年時期的 Isaac 嗎？

「咳哈哈哈——」Melt 看出我的疑惑，解釋道：「佢唔係 Isaac，佢係 Eric 嘅親生細佬 Edwin。」

「籃球場上無兄弟。」Eric 笑笑，張開雙手阻擋 Edwin 的進攻。

「哼哼——」Edwin 壓低身體，「今次一定入界你睇！」

　　Edwin 忽然運著球俯衝向籃框，Eric 立即伸手阻攔，但這時候 Edwin 手上的球脫手飛出，穿過了 Eric 的褲檔，當 Eric 反應過來時，Edwin 已經拍起籃球，朝著籃框輕輕一拋。

　　Eric 的飛身封蓋慢了半拍，只見籃球在半空中劃出一道弧線，優雅如天鵝般飛翔，「*唰*」一聲空心入網。

「Yeah！」Edwin 看見自己進球，高興得跳起歡呼，「嘩，講過要算數呀，你話過我入咗波就界功課 Sources 我抄㗎！」

「得啦，唔會走你數。」Eric 笑了，第一次看見他這麼笑，純真得沒有一絲雜質。

　　我從不知道 Eric 的臉上也能出現如此柔軟的笑容，可見他已經泥足深陷了。

「Eric！呢啲全部都係幻覺嚟㗎！」

我朝著 Eric 衝了過去，卻撲了個空，直挺挺地摔倒在地上。

「嗯哈哈哈……Cisco，你係時候返去啦。」

Melt 戲謔的笑聲在我腦海裡迴盪著，下一個瞬間，周遭的環境由室外籃球場變成 AKEA 餐廳的收銀處，餐盤、食物手推車、各式食物餐牌出現在視野之中。

女收銀員向我遞出一張二十元紙幣，「咁依家即係要找返廿蚊畀你。」

我怔在原地，一時沒有接下。

「喂，快啲啦！」後面傳來一把粗獷的男性聲音，轉頭一看，只見有一條隊伍在我身後出現，他們目光刷的一下集中在我身上，彷彿在看著一個怪胎。

「仲望？唔好阻住條隊啦！」身後的男人喝斥道。

我很不好意思，馬上接過二十元紙幣並轉身拿著餐盤離去。明明剛才還寂若無人，現在突然有男有女有老有幼，聲音非常嘈吵。

我小心翼翼地將食物捧到用餐區，只見到處都坐滿了人，一

時之間找不到 Jill 在哪裡。走了一圈，終於在一張二人桌裡找到她。

「好嘢，開餐嚕。」Jill 笑得就像個純潔無暇的少女，令人怦然心動，但我強自壓平情緒，不斷告訴自己她不是真正的 Jill。

「你好肚餓？」我坐下來之後，淡淡問道。她拿著刀叉很優雅地切開牛排，送進嘴裡慢慢咀嚼，咽下後才道：「可能早餐食得唔夠。」

「咁你食多啲啦。」我心不在焉的回應著。

　　既然知道這個世界是假的，接著下來，我必須尋找離開這裡的方法。

「你要唔要試下我啲牛扒？」Jill 打斷了我的思緒，用刀子切出一小塊牛排，再用叉子叉起往我嘴裡送。

「啊——」她示意我張開口。

　　豈有此理 Melt，竟然讓 Jill 做出這種事情，好讓我沉醉在這裡。

「Cisco？」Jill 見我遲遲沒有張開口，小嘴撇了撇。

　　……只、只吃一口東西應該不會怎麼樣吧？最重要的是握緊信念，知道這裡是虛擬的意識世界，這樣魔鬼也奈我不何！於是我張開嘴巴，一下就把她餵的牛排給吃了。Jill 嘿嘿一笑，繼續將其他食物也切小塊餵給我。

「好……夠、夠……你紙機食啦（你自己食啦）。」我滿口都是食物，嘟嚷著說。

「我都想試下你啲薯仔。」她身子俯前，一副等著我餵的模樣。

　　我好不容易吞下食物，說：「唔、唔好啦……咁多人望住。」

　　Jill 看了看左右，才發現鄰桌那幾個男生正看著我們，當她的目光對上他們，他們立即噤若寒蟬，望往別處。

「啊──」她重新張開嘴巴，等待著我餵她。

　　最重要是握緊信念，於是──我舀了一匙馬鈴薯泥餵她。

　　看著 Jill 滿意地含著吞下，我的雙頰霎時如火燙般滾熱，忽然之間，心裡好像有甚麼東西，在隱隱一聲脆響之後，裂開了一道小小的缺口……

　　不！不能沉迷在這種氛圍裡！我的本能警覺地提醒自己，如

果不及時清醒回頭，自己恐怕永遠無法離開這裡。我呼氣再吸氣，呼氣再吸氣，重覆了好幾遍，好不容易才恢復了冷靜。

回到住處之後，趁她在整理新買的戰利品時，我走進了一間應該是書房的房間，裡面有一個從地板頂到天花板的巨大書櫃，還有一張書桌，上方放了一疊紙。

我掃上幾眼，發現是小說稿件來的，標題是《午夜的教學大樓》，內容從我收到 Dr. Li 電郵的一刻開始直到現在，以第一身角度描寫我的親身經歷。Melt 真是惡趣味兼且不要臉，居然拿我作題材。

這時候，Jill 在房前經過，對著我說：「我入房瞓一陣，記得六點鐘叫醒我。」

「六點鐘有咩做？」我不禁問道。
「我哋約咗人食飯吖嘛……」她說完便轉身走進了睡房。

吃飯？Melt 又想搞甚麼花樣？

晚上七時，我和 Jill 乘火車來到尖沙咀，再到海旁慢步走著。這裡有很多內地遊客和街頭表演的小伙子，維港兩岸的大廈都佈置了聖誕燈飾，營造出濃濃的節日歡樂氣氛。這跟上午冷清清的街道有著天淵之別，但是，佈景板再真實，終究也只是佈景板，

永遠無法跟現實世界比擬。

這時候 Jill 的手機響起，她接聽後放在耳邊，「喂，Cara。我同 Cisco 到咗海旁喇，你依家喺邊呀？」

我吃了一大驚，這才知道我們約的人是 Cara。

「咁我哋依家過嚟啦，掰掰。」說完後 Jill 就把電話掛斷了。
「Cara 依家喺邊？」我問道。
「佢喺五枝旗桿嗰度。」

Jill 挽著我的手慢慢走過去，一抹熟悉的身影從前方的人群中走出，朝我們娉婷走過來。

「Cisco、Jill！」這個世界的 Cara 剪了一個及肩的梨花頭，頭髮已染回黑色，穿著文藝風長裙及針織外套，比起真正的她多了幾分淑女甜美感。

「Cara，冇見一排又靚咗喎。」Jill 笑著對她說。
「係咪喋，你唔好呃我喎。」Cara 巧笑嫣然。
「冇呃你囉，」Jill 伸手輕捏 Cara 的雙頰，「你啲皮膚彈滑咗好多，係咪最近做過 Facial？」

「係呀，同朋友一齊 Join 咗個美容院 Plan 呀。」Cara 難為情地

道。

Jill 雙眼發亮，一疊聲問道：「係？邊間呀？ Join 咗啲咩？」

「我哋邊行邊講。」Cara 說完之後，領著我們來到一間位於維港城的日本餐廳，儘管門外大排長龍，但因為 Cara 預留了座位，所以我們馬上便能進去。

我們坐在一張四人桌，我和 Jill 坐在一邊，Cara 坐在我們對面，點完東西後她們繼續聊著我聽不懂的話題，完全搭不上嘴。

我盯著 Cara 來看，心裡揣摩著 Melt 安排她出現的原因。

「唔好意思，我去一去洗手間。」

忽然之間，Jill 站起身離開了座位，Cara 望著 Jill 走遠的背影，眼裡似乎有某些複雜的情緒，過了一會，才慢慢轉過頭來問我：「你頭先做咩一直望住我？」

「我邊有望你。」我立刻否認。

她臉上神情沒有變化，只淡淡地道：「唔使唔認啦，你係咪有嘢想問我？」

　　我猶豫了片刻，終於還是忍不住問了出來：「我哋今晚因為咩事而約出嚟食飯？」

「……」她突然不說話了。
「做咩唔出聲？」我問道。

　　她貝齒輕輕咬著下唇，聲音低沉而微微有些顫抖，「你唔知道今日係咩日子？」

「吓、吓……？今日……係咩日子？」糟糕了，今天是甚麼日子？我連今天是幾年幾月幾日都不清楚。

　　不知何時，Cara 的眼中竟然有淚光閃動。

　　我整個不知所措，想安撫她但話到嘴邊卻又忽然堵住，便在這個緊張時刻，Jill 捧著一個生日蛋糕從 Cara 身後走來，我立即醒悟過來，急道：「今日係你生日吖嘛，哈哈哈哈！」

　　同一時間，附近響起了生日歌的前奏，Jill 走到了 Cara 面前，把蛋糕輕輕的放在桌上。

「Happy Birthday！」Jill 嘴角勾著一抹笑意。

　　Cara 急忙擦乾眼淚，破涕為笑：「死仔包，原來喺度玩我！」

「哈哈哈，我點會唔記得你生日呢！」我鬆一口氣，雖然不清楚 Melt 的用意，但看樣子是蒙混了過去。

　　Cara 許願吹蠟燭之後，對著蛋糕的正中心切了下去，Jill 開心地拍手叫好：「好嘢——」

「今日咁開心，不如叫枝酒嚟飲！」Cara 豪言道。
「但我唔係好識飲酒……」Jill 難為情地淺笑一下。
「怕咩喎，醉咗咪叫你老公抱你返屋企囉。」Cara 拍拍 Jill 的肩膀。

「咁呀……」Jill 扭扭捏捏地看了我一眼，內心掙扎了好一會兒，最終還是點了點頭，「好啦。」

「好嘢！」Cara 登時露出了笑容，高喊道：「侍應唔該，要一枝餐牌上面嘅梅酒。」

　　結果，一頓飯吃完之後，Jill 已經是紅臉醺醺，Cara 也明顯有了幾分醉意，連站都站不穩。

「咁我返去先啦！」Cara 站在街上跟我和 Jill 道別。

　　Jill 打了一個嗝，口齒不清地道：「掰掰……」

File　　Home　　Insert　　Layout　　Review　　View

Calibri (Body)　　11　　B　I　U　abc　ab　A　A　∨　⊠

「你掂唔掂㗎？」我扶著 Jill 的肩，擔心地問 Cara。

「你就唔掂！」Cara 晃了一晃，帶著醉意地抗議。

　　　我無奈地嘆一口氣，只得道：「我同 Jill 送完你返屋企先搭車走。」

　　　就在這時，恰恰有輛的士在路邊停下，司機搖下車窗問我們需不需要的士。

　　　Cara 笑著搖了搖頭，「唔好啦，都唔順路。」

「喺啦，上車啦。」我隨即拉開了後車門，讓 Cara 和 Jill 坐在後面，自己則坐在副駕駛座。

　　　路上，我只顧看著外面的風景，沒有說話，車內靜得只有車輛的引擎聲音。

「Cisco。」Cara 忽然開口，打破了寂靜。

「做咩？」我問她。

「我依家先醒起我哋頭先冇食到美人鍋。」Cara 一本正經地道。

「……仲以為你想講啲咩，原來只係小事。」

「咩小事呀，好大件事喫！」

「有幾大件事呀？」

「佢嗰度最出名就係美人鍋，唔單只好好食，仲可以影相呢

Like。」

「……咁下次再去囉。」
「真係嘅?」

　　我透過車窗的鏡面反光,目光跟後座的 Cara 視線交接。刹那間,世界突然變得安靜,空氣中的氣流都彷彿凝住了一般。我撇開了視線,不自覺地道:「係呀,以後大把機會啦。」

「嘻嘻,好呀。」我看見她嘴角泛起了笑意,忽然之間,我的腦袋中「嚓」一聲大響,就像短路了一樣變得空白。

　　一段段珍貴記憶如同壞掉的數據一樣,一塊一塊地崩解,同一時間湧進了大量新記憶。在異空間跟 Jill 的相遇變成了於畫展邂逅;跟各種魔鬼惡魔戰鬥的回憶變成跟同學趕功課、做畢業論文的片段;在記憶中,John 和 Monica 的存在也被除掉。

　　整個過程不過是幾秒鐘的時間,當我回過神來一切已經太晚。的士正穿過一條長管型隧道,從倒後鏡望過去後座,只見 Jill 把頭枕在 Cara 的肩膀,正睡得香甜。咦,為甚麼我會在車裡面的?

　　這時車子駛出了隧道,兩旁是蔥郁大樹,路牌寫著獅子山隧道公路。對了,我想起了!我們剛吃過慶祝 Cara 生日的晚飯,現在正在回家路上。

「Isaac 喺 Facebook Share 咗佢嘅 Master 畢業相喎。」Cara 忽然說道。

「Isaac？邊個 Isaac？」我問道。
「我哋個大學同學呀，成日 Yo 女嗰個呀。」
「哦，原來係佢，一時醒唔起。」我說。

　　的士一直駛到烏溪沙，然後 Cara 便在一個大型屋苑下車。她關上車門之前，俯身對著我說：

「我走先喇，掰掰。」
「早啲唞啦。」
「嗯，你哋都早唞。」

　　和她道別之後，車子繞了一大圈駛回沙田，過了一個小時才到達我們住的粉嶺。我扶著 Jill 下車，一步一步走向大廈門口，她整個身體軟綿綿，走路時大半的重量都靠在我身上。那個叫曾叔的保安見狀走出來替我們開門，說：「王生王太，返屋企嗱？」

「係呀曾叔，仲未交更呀？」這種廢話式的寒暄我並不反感，反而覺得很有親切感。

「就啦，仲有半個鐘我就放工！」曾叔笑道。
「哦……辛苦你啦。」說完之後我按下升降機的按鈕。

「王太係咪飲醉咗呀？」曾叔問道。

「係呀，佢唔飲得又學人飲。」我尷尬笑著說。

「等我一陣呀。」曾叔轉身回到崗位，翻翻桌面上的東西，然後走過來交給我一瓶蜂蜜。

「蜂蜜⋯⋯？」

「係呀！蜂蜜溝水飲可以加快酒精吸收，快啲解酒㗎！」

「多謝你呀曾叔。」

「使乜客氣！」

回到家裡之後，我將 Jill 安頓在床上，給她蓋上了被子，這時褲袋裡的手機傳來震動，取出來一看發現是父母將旅行的照片傳了給我，看見他們喜上眉俏的模樣，我也不禁會心微笑。

「幾時返嚟？」我傳了個訊息給他們，他們很快便回覆：「下星期三（微笑表情）（微笑表情）（微笑表情）」

「到時接你哋機。」傳完這條訊息之後，我走到廚房倒了杯溫水，再將幾茶匙的蜂蜜加了進去，攪拌好便拿進了睡房，用枕頭把 Jill 的身子墊高，小心餵她喝下蜂蜜水。

「嗯⋯⋯」她嘴角溢了一些蜂蜜水出來，滑過臉頰淌進領口鎖骨處。

「哎吔，你咁論盡㗎。」我從面紙盒裡抽出兩張面紙，解開她衣服最上面的兩顆鈕扣，拭乾她鎖骨沾濕的地方。

我突然呆了一下，忽然覺得我這個舉動不是很妥，但這個想法一閃便過。我是她的丈夫，這有甚麼不妥？

我隨即回到廚房把杯子洗乾淨，再洗了個澡之後，時間已經是午夜時分。我回到睡房睡覺，摸黑鑽進熱烘烘的被窩裡面，從背後輕輕擁抱著 Jill。

「Cisco⋯⋯」她輕輕道。
「我係咪嘈醒咗你⋯⋯？」
「Cisco⋯⋯」Jill 轉身望向我，雖然房裡昏暗得看不見她的樣子，但她被我抱在懷裡的身體的溫度頃刻傳遞了過來。

我像是被點了一把火似的，騰起的激動直充滿了整個身體。我再也控制不住自己，和她靠得愈來愈近，正當我們的嘴唇快貼到一起的時候，我腦海中突然閃出一個畫面：「**如果你敢忘記我嘅話，我做鬼都唔會放過你。**」

我如同被一記驚雷擊中，一下子呆住了。我們嘴唇之間只差了 0.1 厘米，甚至可以感覺到她呼出來的鼻息，我卻硬生生停住，然後用力推開了她。

「Cisco⋯⋯？」她的語氣非常錯愕。

我頭痛欲裂，被擦拭的記憶重新回到腦海，跟植入的虛假記憶互相排斥著。我跪倒在床上，大口大口的喘氣，雖然腦裡仍然亂成一團，但有一個回憶、一個畫面，我深信不疑！

「如果你敢忘記我嘅話，我做鬼都唔會放過你。」

「嗡」的一聲腦海一片空白，新舊記憶停止交戰，所有念頭就只剩下了一個：面前這個「Jill」不是真的！

「Cisco⋯⋯你係咪嫌棄我⋯⋯」那個「Jill」忽然帶著哭腔道。「你、你唔係真嘅Jill！！！」

我立即奪門而出，鞋也不穿的逃了出去，身後一直傳來那個「Jill」的哭泣聲音：「Cisco⋯⋯唔好抌低我⋯⋯我求求你⋯⋯唔好抌低我⋯⋯」

她嚶嚶淒淒的哭聲傳遍整個樓層，我咬緊牙不讓自己心軟，隨即直接衝下樓梯離開大廈。

空盪盪的路上四處無聲，樹影招搖，「嘎嘎嘎」的枝葉磨擦聲直讓人頭皮發麻。跑就是我唯一可以做的事情，我跑得筋疲力盡來到粉嶺火車站附近的小巴站，雖然時間過了午夜十二時但仍

有不少路人，他們看見我身上只穿了襯衣和睡褲，連鞋子都沒穿，紛紛向我投以奇異的目光。

這時候剛好有兩名軍裝警察經過，他們發現了我之後，一邊對著肩上的對講機說著，一邊朝我走了過來。我下意識轉身就跑，馬上聽到他們追趕我的聲音。

「警察！企喺度！」

我竄進人群裡再從人堆穿梭而出，轉頭看去，只見他們像影子一樣追在我後面，我加快了速度，但身後的警察仍然狂追不捨，轉眼間跑到粉嶺火車站前方，月台正好停泊著一列列車，我立即跨過入閘機往其中一個車廂衝去。

「*Please Stand Back from the Doors.*」

還有五步、四步、三步！

「再走我哋開槍！」
「嘟嘟嘟嘟嘟嘟——」

二步、一步！

我一個箭步往車廂飛奔，剛好在車門完全關上前撲了進去。

我轉頭看去已經看不見他們的蹤影，頓時鬆一口氣，列車亦緩緩地行駛，我站了起來，還未抬頭便聽見四周如排山倒海般的聲音同時響起：

「Cisco 我以後會聽話……你唔好走……求下你唔好扰低我……」
「Cisco 我以後會聽話……你唔好走……求下你唔好扰低我……」
「Cisco 我以後會聽話……你唔好走……求下你唔好扰低我……」

　　抬頭一看，赫然發現整個車廂都是 Jill！我嚇得連退幾步撞上牆壁，正想轉身逃跑卻發現另一個車廂的乘客也全都是 Jill！列車正快速地行駛，我退無可退，亦避無可避，只得認命說：「要劏要殺，悉隨專便。」

「我哋點會殺你呢，我哋只想好好愛惜你，永永遠遠咁愛惜你。」其中一個 Jill 說。

「聽話啦好嘛？只要你獻出靈魂就可以永遠同我喺埋一齊。」另一個 Jill 說。

「我想問如果我唔肯獻出靈魂嘅話你會點做？Melt？」我問道。
「我會一直等你，只要你一直喺呢個烏托邦世界裡面，終有一日會抵抗唔住而就範。」我左方的 Jill 說。

「哈哈哈，你講得冇錯，前提係我喺呢度。」我笑道。

她們怔了一下，臉上同時閃過一絲緊張之色。

「Cisco，你唔好話我知，你想……」我笑了一笑，沒有回答。

「你咁樣同自殺冇分別。」
「我直覺覺得我會見返 Jill，真正嘅 Jill。」
「唔好傻啦！」
「聖母，請為我們祈禱。」
「Cisco 你立即收聲！！！」所有 Jill 一湧而上把我重重包圍，情況一片混亂。

我一邊被她們擠著，一邊繼續說著：*「所有的聖靈，請為我們祈禱，以此被賜福的十字架，天父在命令你，聖子在命令你，十字架命令你。」*

「CISCO！！！！」
「不潔的邪靈，我要代替月亮懲罰你！哈哈哈哈哈哈哈！」

我故意唸錯《羅馬經書》的驅魔經文，下一瞬間，熟悉不過的神聖旋律在耳邊響起，包圍著我的 Jill 們應聲彈開一段距離，然後我腳下出現一個光暈。

「終於……同當時嘅 Jill 一樣……」我說。

光暈冒出一個天使人形，他雙臂將我緊緊困鎖住，我卻覺得渾身暖洋洋，有一種說不出的舒服。那個光暈就像一個大嘴巴，慢慢的把我吞咽下去，我的身體漸漸地下沉，腰部、胸口已被淹沒掉。

「Jill……我終於可以見你……」我下沉的身體一晃，便完全的被光暈吞沒掉。

午夜的

教學大樓

ACADEMIC BUILDING AT MIDNIGHT

正在開啟文件 ...

「 第五章《慟哭的羔羊》.doc 」

「Jill……」

　　　　Jill 的容顏是我被吞進光暈之後腦海閃過的最後畫面，然後我便再也沒有知覺。

　　　　我睜開眼睛，第一眼看見的是一個純白色的天空。我到處張望，入眼處白茫茫一片無邊無際，完全看不見地平線在哪裡，也不見半個人影。

　　　　難道這裡是天堂？我已經死了嗎？突然之間，陣陣寒意湧上脊尾骨。

　　　　不！我現在還不能死！

　　　　我跑動起來，朝著一個方向一直跑、一直跑，跑了很久還是一片純白色，連自己跑了有多遠都不知道，或許根本就沒有離開過原地。

　　　　我的心慌亂起來，於是撕下衣袖的一小角放在地上作標記，沿著原本的方向繼續跑，沒過多久，那塊碎布重新出現在視線之中。我一直跑回原點，每隔一段時間便重新看見那塊碎布出現在地上，我狠狠咬牙，不曾想過放棄，腦海只有一個念頭，那就是一直跑下去。

　　這裡甚麼都沒有，沒有任何風景，視野範圍都只有白色一片，不知道過了多久，前方白茫茫的大地上終於出現了一些東西，一開始只看見一個小點，慢慢地看見那東西的輪廓，最後我跑到那東西前，抬頭一看。

　　那是一個巨型的十字架，上面釘著的是粵劇花旦。

　　因為在遠處時已經看見她被釘在上面，充足的心理準備使我沒有被她嚇到。

「喂？點解得你一個喺度？粵劇佬呢？」我抬頭向她問道。
「……」她的頭低垂著，一動不動。

「你有冇見過一個女仔？白色連身裙，黑色長頭髮。」
「……」她仍然沉默著。

「算，唔問你。」

　　說完之後我繼續跑去，轉頭看著她的身影漸漸消失，然後重新轉回頭，不到一會兒又看見前方遠處有事物。

　　這次也同樣是一個巨型十字架聳立在雪白的大地上，上面釘著一個紅白臉巨人，頭插著兩根長雉尾，他眼中的紅芒黯淡，看上去疲憊不堪，已是一副無力反抗的樣子。

「你有冇見過一個女仔？黑色長頭髮，白色連身裙。」我冷冷地問道。

「嗯……喔……嘎嘎……」

　　他口裡發出意義不明的聲音，我忽地心中一股無名火起，說：「我問你呀！有冇見過一個女仔！黑色長頭髮，白色連身裙！」

　　他彷彿聽不見我的說話，喉間繼續發出低低的沙啞聲音：「嘎、嘎……喔……」

　　看他這個樣子不會問出甚麼來，我嘖了一聲放棄問他，轉身繼續跑去。

　　這裡應該是被光暈吸進去之後的目的地，繼續跑的話重遇 Jill 的機會很大。一想到這我不禁加快腳步，遠處忽然冒出了一群小黑點，慢慢的，小黑點越來越大，我瞇起眼睛，看到一塊塊東西插在地面上，但看不清是甚麼來的。

　　直到跑了過去之後，我不禁吃了一驚。前方一大片土地上豎立著數十個歪七扭八的十字架，直如墓地一般，森然詭譎。釘在十字架上的人全都穿著同一套衣服，一套燃燒中的黑色晚禮服。

「咦……我係咪之前見過你……？」其中一個被釘在十字架的女

人説。

　　腦海中的記憶紛至沓來，想起她分裂成數十個個體，情況不可收拾逼使 Jill 唸誦《羅馬禮書》經文。

「你係……Monica？」我按著額頭問道。

　　她有點詫異，皺著眉問我：「點解你都喺度？」

「我嚟搵人。」她冷笑一聲沒有再説話，我目光轉移到其他十字架上的 Monica，她們閉眼垂首、委靡不振，只有眼前這個 Monica 還有氣力跟我談話。

「你知唔知呢度係邊度？」我又問道。
「天堂啩。」她輕佻地道。

　　天堂？天堂怎會讓你這種東西上來？我轉了個問題：「你有冇見過一個女仔，黑色長頭髮，白色連身裙。」

「黑色頭髮白色裙……就係將我送到呢度嗰個女仔？」她目光已經變得冰冷，我彷彿絲毫沒有感覺到一樣，接著迎上她的目光，「係，你有冇見過佢？」

「我點解要話你知？」她冷冷問道。

「即係你見過佢？！」我忍不住激動起來。

她笑了一笑，「冇。」

「……真係冇？」我追問道。

「信唔信，It's up to you.」她冷哼一聲。

我隨即沉默了下來，半晌後，嘆了一口氣，「咁我自己繼續搵。」

我隨後轉身離去，但才走了幾步，忽聽背後 Monica 道：「或者……」，我立即停了下來。

Monica 的聲音不急不徐傳來，道：「天使會知道佢喺邊。」我整個怔住，轉身問 Monica：「天使？呢度有天使？」

「Yes……佢就喺呢度附近。」她淡淡道。

「多謝你話我知！」

我馬上便離開了十字架墓地，又跑了一段時間，但視線所及只有白色一大片，不見任何人的蹤影，正焦急處，一位白衣女子忽然從天空緩緩落在我身前，動作優雅至極。

我立即停了腳步，只見她身高兩米多，簡單地穿著白色 T 恤、

牛仔褲，雲端間灑下微光，她一頭烏黑秀髮柔順披灑在肩頭，看去吹彈可破的白皙肌膚，樣子也是完美得無可挑剔，背後長著一對白色羽毛翅膀，看樣子她就是 Monica 口中所說的「天使」。

一直以來看過不少魔鬼惡魔，天使倒是第一次見，不禁令我有點緊張起來。此刻她正垂眸看著我，眼神柔和帶著一絲好奇。然而她的身高比我高不止一個頭，我要辛苦抬頭才能看見她的臉。

過了好一會兒，她仍是靜靜的望著我，不見有其他動靜，於是我大著膽子，問她：「您好，請問你係咪天使？」

她微微點頭。

「冒昧擅闖呢度實在好對唔住！但我朋友因為救我而被困咗喺度，請問你知唔知佢喺邊？同埋可唔可以畀我見佢！拜託你！」我向她深深鞠了一個躬，但是等了很久都聽不到她回應，於是直起身子來，卻看見她伸出蔥白細長的手指，指著她的身後。

「Jill 喺嗰個方向？」我大喜過望。

她微笑著點頭。

「多謝你！！！」我朝她指的方向奔去，回頭看了她一眼，她跟我揮了揮手，臉上笑容還在。

File　Home　Insert　Layout　Review　View

Calibri (Body)　11　B　I　U　abc　⟋　A　A⟋　∨　☒

　　　　我展顏微笑也跟她揮手道別，然後便沒有再回頭。我無法判斷自己跑了多久，一天？兩天？還是整整一個月？奇怪的是我的身體完全不覺疲倦，但精神上已經被折騰得厲害，沒有風景只有一片白茫茫，不見任何事物也不見終點，我已經失去了時間的概念，唯一能夠讓我繼續堅持下去的，莫過於我對 Jill 的強烈執念。

　　　　我開始懷疑天使在捉弄我，或許要我永無止境的跑下去，永遠都不會看見 Jill。我堅持著，苦苦支撐著，精神瀕臨崩潰邊緣，甚至連我也無法了解，這副軀殼為甚麼還能奔跑下去。

　　　　然後，天地交匯點出現了一個小黑點，一開始我懷疑那是自己的幻覺，又或者是海市蜃樓之類的東西，但隨著小黑點漸漸放大，那是一幢建築的影子，但因為距離太遠看不清那是甚麼建築。

　　　　直至我跟它的距離只剩一百多米，我終於清晰地看見一幢兩層樓高的獨立小屋，樸素但不失美感的斜屋頂木屋，就像是美國電影裡面常常看見的那種郊區住宅。

　　　　難道 Jill 就在裡面？

　　　　我急不及待地踏上了門廊，宅內一片寂靜，一打開大門便進入一條再普通不過的走廊，走廊盡頭通向一個應該是客廳的空間，我穿過走廊到了客廳，地上鋪著棕紅色的地毯，雅緻的二人沙發向著一台舊式黑白電視，上面正播放著一齣荷里活早期的黑白電

影，但是沒有聲音也沒有人在看，我把房子裡所有角落，包括浴室及廚房都檢查了一遍，只有普通家居用品，沒有任何有關房子主人的線索。

我轉而走到二樓，樓梯走了一半忽地隱約聽到一些飲泣的聲音，我繼續走上去，到達二樓時看見盡頭有一間房間，房門正打開著，飲泣的聲音就是從這裡傳出來。愈走近房間，飲泣聲也愈是清晰，我依稀辨認到那是女性的哭聲。不知為甚麼，我身子微微顫抖。一步一步慢慢走過去，終於，站了在房間的門口。

怔怔望去，那是一間採光明亮的睡房，裡面放著一張單人床和簡單的傢具。床上躺著一名女子，正背向我抽泣著。那個身影雖然藏在被窩裡，但那個輪廓、那個影子卻早已深深刻在我心中，永遠也不會忘卻，又怎會認不出來？

哭聲一聲一聲地傳入我的耳朵，教我全身繃緊，揪得我的心高懸，我用手緊緊抓著胸口衣襟，只有這樣才能稍微壓制得住那顆狂跳的心。

我慢慢地走過去，嘴唇也在微微顫抖。腳步聲輕輕迴盪，她似乎感覺到了甚麼，但是沒有立即看過來，稍一猶豫過後，她才翻身坐起，緩緩轉過頭來，目光落在我身上。

我再也按捺不住，走過去抱住了她，將她整個人納入自己的

懷抱中。

「Jill⋯⋯！」我的淚珠奪眶而出。

懷中的身軀先是如觸電似的顫抖了一下，彷彿不相信是真的，然後，慢慢地，也像那樣緊緊的回抱著我。

時間在這一刻靜止下來，再沒有過去，亦沒有未來，一切只屬於當下這一刻。我感受著和她相同頻率的心跳節奏，感覺到前所未有的心安，所有的苦痛，都在這一刻得到了撫慰。

「Jill，我嚟咗喇。」我靜靜道。
「⋯⋯」她忽然在我的肩上咬了一口，那份力量隔著衣服透了過來。

「嘩！」我扯下一邊衣領，看見一圈紅紅的牙印，「你做咩咬我呀？」

她臉上有著蓄勢待發的怒氣，雙眸惡狠狠地瞪著我，「你會出現喺度，即係冇聽我吩咐而俾經文反噬。」

「唔係呀！Melt 將我困咗喺意識世界，為咗逃脫我只可以故意讀錯經文。」我大叫冤枉。

「意識世界？」她臉上表情倏地一斂。

「佢呃咗我啲感官等我自以為活喺理想世界裡面，誘使我交出靈魂。」我嘆了口氣，繼續道：「我知道自己堅持唔到幾耐，唯有出此下策。」

「……恭喜你，你好成功咁由一個監獄轉嚟另一個監獄。」她諷刺道。

「我哋冇得返去？」我呐呐問道。

　　Eric 他們隨時都會丟了靈魂，我要盡快回去喚醒他們。

「返到去我就唔會喺度。」她扔下這句話之後，轉身步出了房間。
「你去邊呀？」我連忙跟上她的腳步。
「拷問天使講出離開呢度嘅方法。」Jill 的語調比以往還要冰冷，寒到了我內心。

　　她不但對魔鬼出手狠辣，就連對著天使也不留情面。

「*咚咚咚——*」走下樓梯之後，大門突然傳來敲門的聲音。

　　時間來得這麼恰巧，Jill 不禁眉頭輕皺拉開了門，門外沒有人在，卻無故地多了一個木桶，容量大概有十公升，旁邊還有一

把匕首，寒芒逼人，不用拿上手都知道異常鋒利。

這裡除了我們之外就只有天使，所以應該是她放的吧？我還未開口，身後忽然傳來一些細微聲響，辨別好方向後，確認那聲音來自客廳。

「你聽唔聽到有聲？」我詫異地問道。
「係佢。」

她轉身走了回去，我的雙腿很自動就追了上去，來到客廳看見一切依舊，古舊的電視機正播著黑白電影，只是沙發上多了個人，如瀑布的金髮垂在身後，身姿優雅修長，不是天使又是何人？

她轉頭望向我們，微微一笑，沒有言語。

「你想點？」Jill 凝神戒備著她。

天使嘴唇輕輕顫動著，看似在說話，但沒有發出聲音來。Jill 眼中警惕之色更重，半信半疑地問道：「你真係畀我哋走？」

天使的嘴唇再動了動，Jill 聞後卻駭然變色，大吼：「你唔好講笑啦！」

「Jill？佢講咗啲咩？」我擔心問道。

「佢要我哋用血裝滿個木桶先界我哋走！」Jill 眼睛直瞪著天使，拳頭緊緊握緊。

「木桶？門口嗰個？」我整個錯愕。

那個木桶的容量足足有十公升，恐怕桶還沒未裝滿，人就先因為失血過多而死了。

咦，不對。我在這裡奔跑了好幾天身體都不覺得疲倦，彷彿身體正不斷被補充著能量，情況就跟唸《聖經》福音經文差不多，由此可推斷出受傷也會回復過來，即使大量出血也不會有大礙。

「Jill，我有個假設。」我將這個猜想告訴了她，她靜靜而不言語，漸漸地，臉上神色稍微緩和下來。

「你覺得點？不如我哋試下。」我建議道。

她點點頭，「……嗯。」

我看了天使一眼，沒有再理會她，轉過身就跟 Jill 走到外面去。我彎身拾起那把匕首，把鋒口輕輕貼著食指指頭，馬上感覺到寒涼的溫度，還未用力，鋒刃已經在指頭劃出鮮血，但不消一秒傷口已經癒合起來。

File   Home   Insert   Layout   Review   View

Calibri (Body)   11   B *I* U abc ab A A ✓ ✉

「果然係咁！」我忍不住笑了出來。

　　既然不會失血過多致死，剩下的只是時間問題，那木桶少說也有十公升，一滴一滴不知道何時才能盛滿。

　　直接割開大動脈的話，應該能加快盛滿木桶的速度。我一咬牙下定決心，用匕首順著手腕從頭劃到底，豎直割開皮肉及整條尺動脈，鮮血像噴泉一樣從那道長長的傷口中噴了出來。

「哇——」我痛得悶哼了出來，眼淚都浮上眼眶，我強自撐著，眼看著血一直流出來，在木桶底部形成了一個小水窪，估計再多一會兒就能盛滿五分之一個木桶，然而不到三秒，那一大道傷口竟然合攏起來，不再流血，表面也看不出曾經有過傷口的痕跡。

　　我便如當頭被潑了一瓢冷水，從頭頂一直涼到腳底。我當初還以為這麼大的傷口至少需要幾十秒才能修復好，但現在竟然不用三秒就癒合，而血只是流了一小灘，那到底我要割多少刀才能盛滿整個木桶？

「你怕痛就畀我嚟。」Jill 嫌惡地道。
「唔得！我要自己一個人裝滿佢！」說罷我再用匕首豎著割開動脈，一下從頭劃到底，皮開肉綻發出「嘶嘶」的撕裂聲，傷口深得可見筋骨，但切口很快便合攏，鮮血亦不再噴出。

　　我擦著額上的冷汗，繼續拿起匕首一刀接著一刀地劃開動脈，血肉裂開之聲伴隨著粗重的喘氣聲，以及渾身不斷滾落的汗珠，血液在木桶裡慢慢累積，盛到容量一半之後，我的心靈已經被折磨得如同一塊被踩躪了一千遍的破布，終於支撐不住昏了過去。

　　再次睜開眼的時候，眼前竟是一片無邊無際的岩漿湖，湖面不時有熱浪氣泡冒起然後破裂，所發出的紅色熱焰，把整個天空都映照成紅蓮業火般的顏色。

　　我應該感到驚訝，但我卻有種感覺，就是眼前的一切是多麼的理所當然。看來，這就是地獄真正的面貌了。岩漿湖的正中心漂浮著一塊大平台，正是我坐著的地方。

　　忽地，身邊傳來一聲輕呼，只見 Jill 躺在我身旁，一張臉蒼白得可怕，微弱的呼吸聲像是隨時要斷掉。我嚇得魂都沒了，把將她摟在懷中卻不知該如何做才好，便在這個時候，她慢慢地睜開眼看著我。

「Jill！點解你會咁嘅樣？」我慌亂地問道。
「大驚小怪⋯⋯我只係有啲攰，休息一陣就行事⋯⋯」她氣若遊絲地道。

「點解無啦啦會攰到咁⋯⋯」我話説到一半忽然停了下來，整個人僵住。

　　　　她別開臉不看我，我嘴唇發抖，嘶啞著聲音問道：「個木桶呢……？你係咪背住我裝滿埋剩低嗰一半？」，她沒有回答，等於默認了。

「點解你要咁做……咳咳！」吸進的熱空氣燙得我說話都困難起來。

　　　　她忽然微微一愣地看著某個方向，我順著她的目光看去，只見天邊有一片低垂的黑雲，雲間紅芒暗閃，從天空緩緩降落到平台之上，一輪詭異的蠕動之後，那雲團化成了一個巨大的人形，身高五米多，長著一對彎曲的山羊角，身上散發著連尋常人都察覺得到的恐怖氣息。

「兩位，歡迎你哋再次嚟到地獄。」全身被厚密黑色絨毛覆蓋的魔鬼舉起「V」手勢，又道：「阿 Jill 個樣，真係 Jill（朝）氣勃勃呀，係唔係遇到啲咩好事？」

「你、你係……」我驚訝得說不出話來。
「……」Jill 沉著臉不語。
「哈，你哋對我嘅真身感到陌生係正常，等我轉返個樣見你哋。」

　　　　他說完之後被一團黑色霧氣包裹著，巨大的身體像是泄氣的皮球般急速縮小，待霧氣散去，一個戴著超人面具的小孩便出現在我們眼前。

「魔鬼……」Jill 用力地推開了我，狠狠地瞪著面具小孩：「我要殺咗你！」

　　Jill 從地上躍起，雙臂的經文亮起熾熱白光，耀眼得如同白晝，朝著面具小孩的臉一拳擊下去，卻被半空中閃出的一道巨大人影擊落到地面，再被一手抓著腦袋在地上摩擦，砸出一條觸目驚心的大裂縫。

「哇……」Jill 赫然噴了一口鮮血出來，經文的光芒漸漸消退。
「頂！人類！唔好亂嚟！」那道巨大人影同樣戴著超人面具，肌肉如大山般兀立，正是面具壯漢。

「可惡！」我憤恨咆哮，還未踏出一步整個身體便被強按在地上，動彈不得。

「Cisco，我哋又再見啦。」Melt 的聲音從後方傳來。
「你哋究竟想點！」我氣得咬牙切齒。

「咳哈哈哈——呢個問題應該由我問你。」Melt 呵呵一笑，彷彿看穿了我的心思：「不過就算你唔答，我都知道你係想返嚟救你啲朋友仔，可惜已經太遲。」

「太遲……？」我大驚回頭，心裡有個極不祥的預感。
「你望下前面。」Melt 訕笑道。

　　我重新轉回頭去，只見平台的正中間多了三個不知哪來的巨大玻璃缸，Eric、Cara 和 Maggie 分別被浸泡在裡面，就像被當成標本般泡在福爾馬林液體之中，輕輕漂浮著。每個玻璃缸前方都懸浮著一枝蠟燭，不過已經沒有燭火了，各自冒出一縷吹滅後的白煙。

　　完了，已經太晚了。

「可惡、可惡、可惡……」我無法克制地落下眼淚，然後只能一直重複「可惡」這兩個字，除了這個，我甚麼都做不到。

　　面具小孩慢慢走到我面前蹲下，笑道：「你已經嚟遲咗一步，佢哋已經獻出咗靈魂。」

「一係你就殺埋我，如果唔係我一定唔會放過你哋！！！」我痛哭大吼。

「欸欸欸，你唔好誤會，」面具小孩豎起手指左右搖擺，「我哋魔鬼從來都唔會直接殺人，佢哋全部都係自願。」

「咳嗯嗯嗯——要怪就怪佢哋定力唔夠啦。」Melt 的語氣很高興。
「係呀，搞到如斯田地，完全係佢哋咎由自取。」面具小孩舉起「V」手勢。

「人類！愚蠢嘅生物！」面具壯漢縱聲大笑。

「可惡！……可惡！」我的淚水無法收止，又再說出這兩個字。

　　便在這個時候，緋紅色的天空傳來一聲呼嘯銳響，只見一道寒光從天而降，「鏘」的一聲插在我伸手可及的地面。

　　那是我剛才用來割脈的匕首。

「喝啊！」我拔出匕首的瞬間，已經反手刺進了 Melt 的鎖骨處，他痛苦嚎叫，我轉身抽出匕首，對著地上的他劈頭蓋臉狂捅十幾下。

　　去死。去死。去死。去死。去死。去死。去死。去死。去死。去死。去死。去死。去死。去死。去死。去死。去死。去死。

　　腥風撲臉而來，瀰漫在平台之上。

　　只看見鮮紅色充斥著我的視野，彷彿所有東西都被染成紅色，天空是鮮紅色，雲朵是鮮紅色，平台下流動的岩漿是鮮紅色，甚至從岩漿騰起的熱氣，也是鮮紅色。

　　回過神來的時候，地上已經多了三具鮮血淋漓的魔鬼屍體。

「Cisco……」Melt 似乎還殘留著最後一口氣。

　　我走過去揪起他的衣領，將他從地上拉起，「嗯？」

「Cisco⋯⋯」Melt 只是喊著我的名字。

　　晶瑩的淚水，悄無聲息地滑落，淌過他的臉頰。然後，他笑了，帶著淡淡的苦澀。那一刻，世界以最詭異的形態靜止了，眼前的色彩像是顏料般暈開，一圈一圈地暈開去，顯露出原貌。

　　火紅色的世界，變成九龍塘商場。聖誕樹下，Maggie 和 Eric 倒在血泊之中，Cara 身上也血跡斑斑，正被我用兩手揪著。

「Cisco⋯⋯」Cara 艱難地揚起一抹淺笑。
「Cara⋯⋯？」我雙眼睜大至極限。

　　Cara 的頭歪在一旁，已經斷氣了。我鬆開手，Cara 如斷線的人偶般頹然倒地。

「細佬，你睇下 Cisco 個樣，哈哈哈哈哈哈哈哈哈哈哈哈——」面具小孩笑得腰都彎了，狀若瘋狂，彷彿看見世間上最可笑之事。

「頂，佢殺晒啲人，我哋一個靈魂都冇！」面具壯漢氣呼呼地抱怨。

　　面具小孩笑得喘不過氣來，捧著腹道：「細、細佬，惡作劇

嘅樂趣……多多靈魂都比唔上……」

「嗯哈哈哈哈哈——講得冇錯，人類絕望嘅表情真係百看不厭！Bravo！！！」Melt 用力地鼓掌。

「頂，聽完你哋咁講，我依家都覺得幾有趣！」面具壯漢哈哈大笑起來。

面具小孩擦掉眼角的淚水，看著我問道：「Cisco，你仲未知道發生緊咩事？」

「嗯哈哈哈哈——等我解釋畀你聽啦，你根本由頭到尾都冇離開過我嘅意識世界。」Melt 一邊說，一邊忍不住笑：「你以為自己去咗天堂？以為自己去咗熔岩地獄？其實全部都係我創造出嚟嘅虛假影像哈哈哈哈哈！不過有件事係千真萬確，就係你發癲將自己嘅朋友仔當成係我哋通通殺晒，哈哈哈哈哈哈哈哈哈！」

「頂，人類真係好愚蠢，哈哈哈哈哈哈哈哈哈哈！」面具壯漢笑得合不攏嘴。

哈哈哈哈哈哈哈哈。他們的瘋狂笑聲，彷彿變成了一把把鋒利的刀子，狠狠刺向我心臟。哈哈哈哈哈哈哈哈。

「冇可能……」我身體搖搖欲墜，跟跟蹌蹌地走到 Maggie 屍體

旁邊，用力按壓她的胸口，替她做心肺復甦。哈哈哈哈哈哈哈哈哈。Maggie 的眼睛充滿血絲，死不瞑目，充滿怨念的看著我。

「Cisco，係你害死我。」我耳朵彷彿聽見 Maggie 的聲音，充滿恨意的聲音。哈哈哈哈哈哈哈哈。對，是我害死你的。對不起，真的很對不起。哈哈哈哈哈哈哈哈。

我拖著腳步走到 Eric 屍體面前，做著同樣的心肺復甦，徒勞無功的心肺復甦。哈哈哈。哈哈哈哈哈。每一下按壓 Eric 的胸口，他胸口附近的傷口都會湧出大量鮮血，把我的手都染成紅色。哈哈哈哈哈哈哈哈哈哈哈哈哈哈哈哈哈哈哈。

明明是自己的雙手，感覺卻像別人的手般僵硬。哈哈哈哈。哈哈哈哈。

從喉嚨發出的聲音是哀號慘叫，還是憤怒咆哮，我已經不太分辨得出來。哈哈哈、哈哈哈、哈哈哈哈！哈哈、哈哈！哈哈哈，哈。哈哈哈哈哈哈哈哈哈哈哈哈哈哈哈……

午夜的
教學大樓

ACADEMIC BUILDING AT MIDNIGHT

正在開啟文件 ...

「 外傳《司鐸的日誌》.doc 」

　　　出任聖門天主堂的司鐸已經半年了。最初知道被委派到這個堂區服務，我內心是有質疑的，擔心自己不能勝任，但天主啟示我「主所愛的弟兄們！我們該當時常為你們感謝天主，因為天主從起初就揀選了你們，藉聖神的祝聖和信從真理而得到拯救。所以，弟兄們，你們要站立穩定，要堅持你們或由我們的言論，或由我們的書信所學得的傳授」。最後，我決定遵從天主的感召，開始在聖門天主堂主持彌撒和侍奉。

　　　還記得那一天是多雲的早上，彌撒結束後我如常地跟教友接觸，聽取彌撒的回饋意見，了解他們信仰上或是生活上的困難。我留意到一對不曾見過的老夫婦，老太太雖然已經白髮蒼蒼，但歲月在她身上只留下淺淺的痕跡，想來年輕時一定十分漂亮，但老先生，卻是一副令人堪憂的樣子。

　　「主佑你哋，兩位係第一次參與呢度嘅彌撒？之前好似有見過你哋。」

　　　老婆婆好像料到我會主動上前跟她和老先生打招呼，臉上沒有吃驚之意，「我以前曾經嚟過。」

「原來係咁，歡迎你再次返嚟。」
「歡迎？」
「聖門天主堂歡迎所有人嚟參與彌撒，就好似村裡面嘅水泉一樣，只要口渴就可以過嚟飲水。」

「⋯⋯」

老太太忽然不說話了，直到過了一會，她自嘲似的苦笑了一下，搖了搖頭。

「老太太，」我心中有些不忍，語重心長地道，「或者你會質疑天主對你嘅愛，佢唔會因而定你嘅罪，但我希望你知道，不論任何景況，天主都唔會拋棄我哋。」

老太太又搖了搖頭，慢慢站了起來，推著老先生的輪椅離開，「老公，我哋走啦。」

我望著他們的背影漸漸離開遠去，嘆息一聲，緩緩地道：「有需要嘅話，請唔好顧慮，聖門天主堂大門隨時為你哋敞開。」

老太太停住了腳步，但沒有回頭，半响之後，她的聲音傳了過來：「後生仔，如果你仲想有命，就唔好同我哋扯上關係。」

此話一出，我清晰感覺到周遭空氣忽然變冷，寒意像水波般盪漾。他們隨即走了出去，離開了這座教堂。

此後，這件事一直深植在我的腦海裡面，不能忘懷。我遇過很多在困苦中的教友，但沒有一個給予我相同的感覺，尤其是老先生口中不斷呢喃著的「對唔住係我害死你哋⋯⋯」，更是讓我不

由自主地起了雞皮疙瘩。全能仁慈的天主聖父聖子聖神，求禰垂憐，求禰醫治老先生老太太的創傷，滋潤他們的憔悴。天主，求禰垂憐，求禰救贖他們飽經折磨的靈魂，賞賜他們永遠的真福。禰是天主，永生永王，求禰俯聽我的祈禱，亞孟。

午夜的
教學大樓

ACADEMIC BUILDING AT MIDNIGHT

正在開啟文件 ...

「前傳《午夜盛開的花》.doc 」

「連環墮樓命案受害者已增加至一百九十二人，警務處處長上午召開記者會時表示已調動上萬警力，嚴加巡查高危嘅大廈天台；立法會亦喺昨日傍晚三讀通過《建築物（規劃）修訂規例草案》，規定本港所有住用樓宇嘅天台欄障高度不得少於三米，預計兩星期後正式實施……」

「本港近日多幢大廈嘅住戶集體上天台跳樓自殺，事件極之轟動，今日我哋請嚟資深神秘學研究者 Danny，以神秘學角度同我哋一齊分析下事件嘅起因……」

「由於節目調動關係，原定於晚上八點半播放嘅劇集將會暫停放映，改為播放特備節目《愛生命 STAND BY YOU 》……」

　　打開電視，不管切換到哪個電視台都能看見跟連環墮樓命案有關的節目。有拿著羅庚的風水大師分析肇事大廈的風水格局，也有前政府高官把事件定性為恐怖活動，但共通點是，沒有人能夠合理地解釋，是怎麼的力量驅使一群素不相識的住客集體到天台自殺。

「求你寬恕我們的罪過，免受一切的凶惡，亞孟。」

　　年輕的母親雙手合十祈禱，旁邊的父親摟著她的肩頭，安慰道：「唔使擔心，天主一定會保守我哋。」

她看了他一眼，嘴角露出一絲淡淡的苦澀笑意，「嗯，我知道。」

這對年輕夫婦居住在柯士甸一幢單幢式大廈的高層單位，育有一對子女，在事件發生之前，一直過著一般人所理解的幸福美滿生活。

「媽媽，媽媽——」一個年約六歲的小女孩飛奔過去，投進母親的懷裡撒嬌，「我想食多一杯雪糕。」

母親摸著她的頭，溫柔道：「Jill，剩低嗰杯雪糕係留畀哥哥㗎喎。」

「我唔可以食……？」Jill 睜著稚氣的眼睛問道，她遺傳了母親的清麗容貌，烏黑柔順的秀髮披灑在肩頭，配上一雙清澈透亮的明眸，年紀雖小卻已是個美人胚子。

母親莞爾一笑，眉宇間有一絲無奈，「當然唔可以，或者你問下哥哥肯唔肯讓畀你食。」

Jill 的哥哥 John 比她年長六年，此時在客廳一旁練習著小提琴，Jill 悄悄地走過去，輕扯著他的衣角喚道：「哥哥——」

John 見是自己的妹妹，便放下了小提琴，微笑問道：「Jill，

咩事搵哥哥呀？」

Jill 感到有些難為情，摸著小後腦勺，問道：「我可唔可以食埋你杯雪糕呀？」

「唔……」John 伸手捏著下巴，故意裝作考慮，「你真係想食？」

Jill 默默點頭。

John 嘆息一聲，苦笑道：「既然 Jill 你想食，咁冇辦法啦，唯有界埋你食。」

「嘻嘻，多謝哥哥！」Jill 不禁歡呼起來，轉身便走進廚房。
「你因住寵壞細妹呀。」母親的斥責帶著三分的調侃。
「細妹係要嚟寵㗎啦。」John 吐吐舌頭。

這時候，一直默不作聲的父親忽然開口道：「John，你做阿哥嘅要睇住細妹，千祈唔好亂咁上天台玩。」

John 聽在耳中，臉上神情一下子凝重起來，點頭答應道：「知道。」

儘管他只是個十二歲的小六學生，但也知道香港正陷入一場恐怖事件之中，而且最荒謬的莫過於沒有人知道這一切何時才會

結束。他唯一能做的就只有暗下決心，不管發生甚麼事情都要保護好自己的妹妹。

　　Jill 每晚都要聽母親說故事書才願意乖乖睡覺，這晚也不例外。

「玫瑰公主醒返之後，王子就同公主舉行咗一場盛大嘅婚禮，從此就過住幸福快樂嘅生活喇——」

　　母親把故事說完之後，只見 Jill 早已睡得香甜，還有輕微的呼嚕聲，她隨即合上故事書，俯身在 Jill 的額頭輕輕一吻，「早啲。」

　　她替 Jill 蓋好被子，又把床頭燈調暗了點，做完這一切後，才靜靜地離開房間。

　　幾個小時過去，夜色正深，世界已是萬籟俱靜，冷清的街道沒有車輛在行駛，整個柯士甸區彷彿陷入了沉睡。Jill 一家所住的大廈——點子大廈，是區內最高的住宅大廈。這幢大廈比附近的建築物明顯高出一截，事件發生之前，大廈天台原本供住客自由進出，但事件發生後已經沒有人願意上來。

　　　　原本還在睡夢中的 Jill，醒來後赫然發現自己正身處天台之上。

　　　　她歪著頭，不曉得自己為甚麼一覺醒來，居然會跑到這裡來，但是她很快想起父母曾經叮囑過她不要接近天台，正想離開之際，她看見天台的邊緣站著一名男子。

　　　　男子身材頎長，一身黑衣，幾乎融入在夜色之中。

　　　　因為男子背對著她的關係，以致她看不見男子的容貌，男子也似乎沒有察覺到她的存在，一邊吹著口哨，一邊替一朵花澆水。那朵花尚處於含苞待放的階段，其花蕾如同血色般鮮紅欲滴，非常詭異。

　　　　夜風習習，微微拂起男子的衣角，Jill 只覺得一陣寒意襲來，忍不住打了個噴嚏。

「哈啾。」

　　　　男子彷彿察覺到甚麼似的，頓時停止了手上澆花的動作，緩緩轉過頭來，與 Jill 的目光對上。

「Jill，你嚟咗啦？」男子的嘴角帶著笑意，深邃的眸中閃爍著奇異的光芒。

「點解你會知道我個名嘅？」Jill 正想這樣問的時候，卻發現自己開不了口，也發不出聲，全身莫名其妙地動彈不得。

男子笑了一笑，重新轉回頭去澆花，聲音忽然變得有些意味深長，「因為你個名係我幫你改㗎囉。」

男子恍如看穿了她的心思，一個平平無奇的澆花動作，卻散發著可怕的不祥氣息，年紀小小的 Jill 聽不懂男子話裡是甚麼意思，卻清楚感覺到了來自男子的惡意。她身體本能地起了抗拒反應，就像面對危險時所產生的自我保護本能。

逃，快逃！

「嘎呀——！」

一聲輕呼，Jill 從夢中驚醒過來，全身大汗淋漓，喘息不止。

房間靜默無聲，周圍漆黑一片。

剛才⋯⋯是夢？但夢中的情景又過於逼真，讓她分不清自己究竟是身處在夢境還是現實。她不敢再想，哭喊著跑到母親和父親的房間，「媽媽、媽媽⋯⋯」

母親被她的哭聲吵醒，緩緩睜開惺忪雙眼，看見自己的女兒

File　Home　Insert　Layout　Review　View

Calibri (Body)　11　B　I　U　abc　🖊　A　A　∨　✉

哭得一把鼻涕一把眼淚，馬上嚇得睡意全無。

「Jill，發生咩事？」母親緊張問道。
「夢裡面嗰個人好得人驚……」Jill 帶著哭腔道。

母親得知自己的女兒只是被噩夢嚇到，頓時鬆一口氣，輕撫她的背安慰道：「唔驚唔驚，媽媽喺度。」

同一時間，父親也醒來了，母親對著他面露無奈之色，道：「個女發噩夢。」

父親聽畢，微微笑了一下，問道：「Jill，今晚同媽媽爸爸一齊瞓好冇呀？」

「好！」Jill 破涕為笑，立刻鑽進了父母的被窩裡面。

在這之後，Jill 沒有再發噩夢，也漸漸淡忘了這件事，沒有意識到，這場噩夢將會是她悲慘命運的開端。

✉

一星期之後，位於半山區的一處別墅。

穿著襯衫西褲的中年男人不斷來回踱步，John 則戰戰兢兢地

演奏著小提琴，額頭上盡是汗珠。

「右手握弓握得太緊！」
「一指實音撳得太高！」
「錯音太多，你到底有冇睇清楚份譜！」

「停！」中年男人摘下了眼鏡，用手指按摩著太陽穴位置。

　　John 放下了肩上的小提琴，低著腦袋，連呼吸都不敢。

「John，」中年男人嘆了口氣，表情稍微變得溫和了一點，「我
頭先語氣咁重，只係因為你資質太好，所以希望你有更高嘅音樂
成就。」

「老師，我知道你係為我好。」John 偷偷看了中年男人一眼。

「但仲有幾日就要比賽，你咁樣落去唔得。」中年男人重新戴上
眼鏡，繼續道：「你打電話返去同屋企人講，話老師想你比賽前
加緊練習，呢幾日就留喺度住。」

「留喺度住……？」John 不禁怔了一下。

「定係你覺得個比賽贏唔贏都冇所謂？」中年男人蹙了蹙眉，一
副恨鐵不成鋼的語氣說道：「其實我都冇必要咁勞氣吖，你想嘅

話，每次過嚟剩係食下午茶都得㗎，學費我又照收，我仲輕鬆啲……」

「我明白啦，我依家就去打電話。」John 逃難般離開了房間，從一樓走下一層來到開敞的大廳。

長長的沙發上坐著一個年齡比他大幾年的美麗少女，一邊吃洋芋片，一邊看英文電視節目。

她看見 John 下來，目光在他臉上看了看，一雙美目中滿是笑意盈盈，「我 Daddy 係咪好難頂呢？」

John 搔了搔頭，有些不好意思起來，低聲道：「有時……有少少難頂。」

「Lilith，你上嚟幫手執房，John 要喺我哋屋企住幾日。」聲音從一樓傳來。

「嚟啦。」Lilith 朝著聲音的方向喊話。

Lilith 經過 John 身邊的時候，高舉握拳，做了一個打氣的姿勢，然後笑著跑開。

John 頓時感到心裡甜滋滋的，他不知道這算不算是戀愛的感

覺，只知道每次當他看見 Lilith，心中所有的壞情緒都會一掃而空。

　　John 在大廳撥下一串號碼，電話很快接通了。

「喂，媽媽。」John 拿著話筒道。
「John？咁快上完堂嘞？」母親的聲音在電話另一頭。
「呃，唔係⋯⋯老師話仲有幾日就比賽，想我呢幾日留喺度瞓。」John 吶吶道。

「咁會唔會打攪到老師一家人㗎？」母親的聲音有些擔心。
「我都唔知會唔會，不過老師好似好希望我贏到比賽。」John 如實回答。

「⋯⋯」電話那頭忽然沒有回應。
「媽媽？」John 喊了一聲。

　　再過了一會之後，話筒才傳來聲音，「咁你喺老師屋企畀心機練習，太攰嘅話記得要休息⋯⋯」

　　母親的聲音也變得有些奇怪的沙啞，John 卻沒有察覺到，只道：「知道啦，咁我唔同你講住啦，掰掰。」

「嗯，掰掰⋯⋯」母親掛斷電話之後，忽然間頭暈目眩，全身乏

力，竟險些站不穩跌了下去，幸好一把扶住了桌子。

難道自己生病了？母親心想。

「老公──」母親大聲叫喚，可是無人回應。

「老公……」她踏出了幾步之後，忽地眼前一黑，整個身子竟是直直地倒了下來，摔在地板之上。

在她失去知覺的前一刻，迷迷糊糊之間，她看見自己的丈夫同樣倒在客廳的另一側⋯⋯⋯

「媽媽！」
「爸爸！」

慌張的叫喊聲傳到耳中，是女兒的叫喊聲嗎？她腦海最後閃過這個念頭後，便失去了意識。

✉

母親睜開眼睛，第一眼看見的，是自己的女兒。

Jill 坐在床邊，一看見母親醒來，便高興得用力抱住母親，「媽媽！你醒嚟！？」

「Jill……」母親從床上坐了起來，發現丈夫正躺在自己身旁，而且身上都蓋著被子，於是問道：「係你將我哋抬上床？」

「係呀。」Jill 在母親的懷裡點了點頭。
「Jill 好乖女。」母親輕輕的摸著 Jill 的頭，臉上神色大為柔和。

　　不過，為甚麼會這麼巧，自己居然和丈夫在同一時間一起昏倒？而且房間的空氣中，竟瀰漫著一股濃郁的花香，那是在熱帶地區才會有的異國花香。明明家裡沒有養花，怎麼可能會有這樣的花香？

　　掛鐘的指針剛好指在午夜十二時整。

「咳咳咳……」母親忽然嗆咳起來。
「媽媽，你係咪唔舒服呀？」Jill 十分擔心。

「媽媽冇事……」不知是甚麼原因，母親覺得自己的喉嚨乾燥得厲害，但她不想女兒擔心，故此忍住不說，道：「Jill 你一定好肚餓啦，我去煮飯畀你食。」

「我自己食咗麵包啦，唔肚餓。」Jill 笑嘻嘻地道。

「傻女……剩係食麵包唔夠㗎……咳咳咳……」母親勉強止住咳嗽，用有些沙啞的聲音，慢慢地道：「媽媽有啲口渴，可唔可以

拎杯水畀我？」

「可以！」說著，Jill 已邁開小腳往廚房跑去。

　　她經過客廳的時候，眼角無意中瞄到一幅怪異的景象。窗外，有一團巨大的黑影，以驚人的速度垂直墜落。

「？」她先是一怔，以為自己眼花，揉揉眼睛再看清楚，窗外卻甚麼都沒有。

　　Jill 輕輕推開了窗戶，想探身出去看清楚，但身後忽然響起了輕微的腳步聲音，卻是父母不知甚麼時候離開了房間。

「踏踏踏、踏踏踏……」

　　他們兩人雙眼空洞無靈，徑直推開了大門，走出走廊。

　　走廊外面，同一樓層的住客如行屍走肉一般，人流匯聚成河，一個跟著一個向防煙門方向走去。

「爸爸媽媽，你哋去邊呀！？」Jill 害怕落單，立刻跟了上去。

「……」她父母依舊目光呆滯，雙眼失去了焦距，不管 Jill 怎樣喊都沒有回應。

「吱呀——」通往天台的門被推開了，一朵奇艷妖異的血紅色花朵瞬間佔據 Jill 的視野。

Jill 睜大了眼睛，很快認出那朵花。

那是一個星期前，噩夢裡所出現過的詭異花朵，但此刻花朵已經成熟，巨大得足以遮擋月色，一共七層的花瓣完全綻放，最裡面的花蕊不斷把螢光色的花粉釋放出來，讓空氣之中有無數細小的光點在閃爍游動。

巨大花朵的附近，一個個大廈住客像被操控一樣，在天台邊緣前排成一條隊，逐個跨過圍牆，然後縱身躍下。

「啊——！」突然，Jill 感覺背部就如被刀割般，痛得整個人都蜷縮在地上，不斷顫抖。

她臉上血色盡失，思緒一片混亂，無數淒慘的畫面，如同記憶碎片般在她腦海中穿梭。

有身穿鎧甲的少女被綁在火刑柱上，完全被火焰包融；有握著十字架的修女，在毒霧瀰漫的密室作最後祈禱；有接受審判的少女，活活被亂石砸死；有跪在斷頭台前的少女，身首分離；有套著絞繩的婦人，頸椎在空中被折斷；無數被鮮血浸染的畫面，直至她背部的痛楚逐漸消退才停止。

Jill 的神志漸漸清醒，自己母親的背影，似近還遠，慢慢變得清晰。

她動了動嘴唇，低低的叫了一聲：「媽媽……」

母親站在天台的邊緣，慢慢轉頭看著自己的女兒，她的嘴唇微微顫抖，眼中滑落兩行淚水。

星星點點的花粉，閃爍著螢光，就像螢火蟲在夜色中游動。母親用口型對自己的女兒說了三個字，然後在她面前，縱身躍下。

《午夜的教學大樓》
全書完

⚠️

不要向魔鬼獻出自己的靈魂。

後記

我現在的心情實在複雜。

首先耗時兩個多月終於把這本小說修訂完畢（可以算是重寫了），本來是件很值得高興的事情，但與此同時，也代表我需要撰寫後記。

在後記，我應該胡謅些甚麼才好？寫小說和編劇的教科書這麼多，為甚麼就是沒有一本教人寫後記的？因為完全想不出應該胡謅甚麼，所以我很努力去回想一直以來我是怎樣胡謅的、怎樣把故事胡謅出來、怎樣令讀者代入我所寫的胡謅之中，漸漸地，我也搞不清楚至今我是怎樣胡謅的。胡謅到底是甚麼？胡謅的釋義是沒有根據地隨口亂說，如果我有根據地隨口亂說算不算胡謅？如果我本來只是隨口亂說，但碰巧說出了真理，例如蘋果是薔薇科蘋果亞科蘋果屬植物，這還算是胡謅嗎？

胡謅的定義應該取決於講者還是聽眾？講者事前很用心地準備內容，但聽眾只覺得是一派胡言，又或者情況相反，講者的腦裡裝大便，一邊說還一邊挖鼻孔，但聽眾卻覺得是至理名言，到底哪一方才是胡謅？到底怎樣才算是胡謅……

（忽然感覺到一股將要殺人的冰冷目光在盯著我，IP 都不用「Check」，目光的角度來自我的責任編輯。）

咳咳，正經一點！寫小說這回事看似在胡謅，但其實一切都

是精心佈局。很多恐怖電影為了讓觀眾體驗到更真實的恐怖，常常會利用到生活中的細節。例如《咒怨》的死小孩俊雄會從被窩裡鑽出來，《詭娃安娜貝爾》的魔鬼藏身在日常可見的布偶當中，《七夜怪談》的貞子會打電話給你但不作聲等等，這些橋段是如此貼近我們的生活，讓我們整天疑神疑鬼，老是覺得家裡的布偶會半夜起床溜出去，老是覺得沒有來電顯示的電話是鬼來電。所以我才會用「教授的電郵」作開頭。試問哪個大專生沒有收過來自教授的電郵？教授的電郵向來枯燥乏味，不是交代測驗詳情就是投訴太多學生翹課（對不起是我的錯）。但如果電郵的內容是一堆古怪亂碼，甚至不說理由就要你半夜回校，一次忽發奇想，慢慢地枝繁葉茂，最後發展成《Professor 半夜十二點 Send Email 俾我》這個原型故事，然後又用了兩個多月的時間，把這個原型故事重新寫成《午夜的教授電郵》，兩篇故事互不相干，純粹共用了「教授的電郵」這個開頭、角色基礎設定和一小部分劇情，所以你看原型故事是不能補完這篇故事的。（原型故事寫得很爛，我已經提醒過你了，但你堅持要看的話，浪費掉的時間我是不會賠給你喔。）

最後，有些話儘管很像客套說話，但還是要說。

很感謝你的支持。

嗯，就是你，手上拿著這本書的你。

我寫作的原因十分單純，就是希望自己寫的故事有人看。既然你在讀這篇後記，這代表世界上至少有一個人看完我寫的故事。如果你已經是老讀者的話，那代表我所寫的故事或多或少有種魔力吸引你繼續閱讀。我會繼續努力，希望將來有一天我的故事會好看到，新書一上架大家會跑去書局搶購。

「砰！」憤怒的拍桌聲音。

　　對對對，也很感謝責任編輯，看過石原里美的《校對女王》就知道編輯的工作有多重要，她們絕對功不可沒啦。另外也要感謝出版社再次給予出版書籍的機會，還有其他有份參與出版的美術設計，負責繪畫書中兒童繪本的畫師樾和負責繪畫地獄插圖的畫師 Chow，托大家的福這本書籍才能面世！

　　好了，希望還能與各位相見！

追加後記

昨晚執緊 CV 的時候，忽然收到通知，說《午夜的教學大樓》要加印第四版了。意外倒不是十分意外，但高興確實是高興的。既然有這樣的機會，當然想在後記寫一下感想。

這已經是我從寫下第一個故事的十個年頭，《午夜》對我而言，總是存在著一種微妙的尷尬定位。要說我最喜歡的，是《熱鬧的塱濠商場》；要說我最成熟的，是《都市傳說體驗館》。《午夜》就好像夾在了中間，不屬於任何一邊，但是，這部作品的實體書銷量卻一直不衰，就像被作者冷待，卻又被讀者喜愛的孩子一樣。

我既又罪疚，卻又產生微妙的滿足感，這讓我對《午夜》的心情更加複雜。

我始終認為，寫作不是為了銷量。為了銷量而寫作叫行銷，不叫創作，我無法接受以此方式自我矮化，也無法敷衍讀者。但我看到的是，是大家對《午夜》的關注，讓我不得不重新看待這個故事，找出我可以繼續寫下去的動力。

所以，我要感謝所有喜歡《午夜》的讀者朋友們，讓這部似乎「冇乜前途」的作品，重新有了「可能性」。

11.11.2023

⚠️

不要相信會有曙光。

獨家優惠 限量套裝
簡易步驟 24小時營業 24hr

當世四大天王：
黎郭劉張（上）

● 《診所低能奇觀》系列

圖書館借來的　　銀行小妹
魔法書　　　　　甩轆日記

● 《詭異日常事件》系列

HiHi 喇好地地　　我的你的紅的
一個人點知……

● 《倫敦金》系列

向西聞記　　　　無眠書

● 《Deep Web File》系列

● 《絕》系列

殺戮天國　　　　遺憾修正萬事屋

午夜的
教學大樓
ACADEMIC BUILDING AT MIDNIGHT

作者	陳海藍
責任編輯	陳珈悠
美術設計	點子出版設計部
製作	點子出版
出版	點子出版
地址	荃灣海盛路 11 號 One MidTown 13 樓 20 室
查詢	info@idea-publication.com
印刷	海洋印務有限公司
地址	黃竹坑道 40 號貴寶工業大廈 7 樓 A 室
查詢	2819 5112
發行	泛華發行代理有限公司
地址	將軍澳工業邨駿昌街 7 號 2 樓
查詢	gccd@singtaonewscorp.com
出版日期	2023 年 11 月 30 日 (第四版)
國際書碼	978-988-79276-1-7
定價	$88

―――Printed in Hong Kong―――

點子出版
IDEA PUBLICATION

午夜的

教學大樓

ACADEMIC BUILDING AT MIDNIGHT